Dieses Taschenbuch enthält in russisch-deutschem Paralleldruck dreizehn lustige Erzählungen von Anton Tschechow (1860–1904).

Lustige Erzählungen – das sagt sich so hin. Gewiß sind sie lustig! Es sind herrlich groteske Szenen aus dem vorrevolutionären Rußland, und die Darsteller sind Komödianten von hohen Graden...

Ach ihr biederen Gutsbesitzer und pfiffigen Distriktsärzte! Ihr tugendhaften adligen Witwen und kunstsinnigen bürgerlichen Ehegattinnen! Ihr westlich flotten Geschäftsinhaber und östlich hungerleidenden Dichter! Ihr netten und rührenden Liebesleute! Ihr frechen Gymnasiasten und albernen Studenten! Ihr üppigen Köchinnen und mageren Gouvernanten! Ihr korrekten Kollegienräte und korrupten Verwaltungssekretäre! Ihr Popen, Friedensrichter, Oberleutnants, Postmeister und Hilfsbuchhalter! Ihr Kartenspieler und Trinker! Ihr seid wirklich zum Lachen!

... aber *bloß* lustig ist das alles nicht. Tschechow gestaltet auch in seinen kleinen Erzählungen mit der Pranke des großen Bühnenautors ein Welttheater-Gemisch aus Wohl und Wehe.

Антон Чехов
Тринадцать весёлых рассказов

Anton Tschechow
Dreizehn lustige Erzählungen

Übersetzung von Helmuth Dehio
Illustrationen von Willy Widmann

Deutscher Taschenbuch Verlag

dtv zweisprachig · Edition Langewiesche-Brandt
herausgegeben von Kristof Wachinger

Neuübersetzung 1973
Neuausgabe 1992
überarbeitet von Gisela und Michael Wachinger
6. Auflage August 2002
© Deutscher Taschenbuch Verlag GmbH & Co. KG, München
www.dtv.de
© Illustrationen Langewiesche-Brandt, Ebenhausen bei München
Umschlagkonzept: Balk & Brumshagen
Umschlagbild: B. M. Kustodiev, Jahrmarkt, 1906, Ausschnitt
Gesamtherstellung: Kösel, Kempten
Gedruckt auf säurefreiem, chlorfrei gebleichtem Papier
ISBN 3-423-09287-4. Printed in Germany

В ко́мнате, прилега́ющей к ча́йному магази́ну купца́ Ершако́ва, за высо́кой конто́ркой сиде́л сам Ершако́в, челове́к молодо́й, по мо́де оде́тый, но помя́тый и, ви́димо, пожи́вший на своём веку́ бу́рно. Су́дя по его́ разма́шистому по́черку с завиту́шками, капу́лю и то́нкому сига́рному за́паху, он был не чужд европе́йской цивилиза́ции. Но от него́ ещё бо́льше пове́яло культу́рой, когда́ из магази́на вошёл ма́льчик и доложи́л:

— Писа́тель пришёл!

— А!.. Зови́ его́ сюда́. Да скажи́ ему́, чтоб кало́ши свои́ в магази́не оста́вил.

Че́рез мину́ту в ко́мнатку ти́хо вошёл седо́й, плеши́вый стари́к в ры́жем, потёр-

In einem Zimmer, das an die Teehandlung des Kaufmanns Jerschakow angrenzte, saß hinter einem hohen Kontorpult Jerschakow selber, ein junger modisch gekleideter aber schon verlebter Mann, der augenscheinlich ein bewegtes Leben geführt hatte. Nach seiner schwungvollen geschnörkelten Handschrift, seinem Joseph-Capoul-Lockenkopf und dem feinen Zigarrenduft zu schließen, war ihm die europäische Zivilisation nicht fremd. Doch ein noch deutlicherer Hauch von Kultur strömte von ihm aus, als ein Junge aus dem Geschäft erschien und meldete:

«Der Schriftsteller ist gekommen!»

«Ah!... Bitte ihn hierher. Und sag ihm, daß er seine Galoschen im Geschäft ablegen möchte.»

Eine Minute darauf trat leise ein ergrauter, fast kahlköpfiger alter Mann in verblichenem, abgewetz-

том пальто, с красным, помороженным лицом и с выражением слабости и неуверенности, какое обыкновенно бывает у людей хотя и мало, но постоянно пьющих.

— А, моё почтение... — сказал Ершаков, не оглядываясь на вошедшего. — Что хорошенького, господин Гейним?

Ершаков смешивал слова «гений» и «Гейне», и они сливались у него в одно — «Гейним», как он и называл всегда старика.

— Да вот-с, заказик принёс, — ответил Гейним. — Уже готово-с...

— Так скоро?

— В три дня, Захар Семёныч, не то что рекламу, роман сочинить можно. Для рекламы и часа довольно.

— Только-то? А торгуешься всегда, словно годовую работу берёшь. Ну, показывайте, что вы сочинили?

Гейним вынул из кармана несколько помятых, исписанных карандашом бумажек и подошёл к конторке.

— У меня ещё вчерне-с, в общих чертах-с... — сказал он. — Я вам прочту-с, а вы вникайте и указывайте, в случае ежели ошибку найдёте. Ошибиться не мудрено, Захар Семёныч... Верите ли? Трём магазинам сразу рекламу сочинял... Это и у Шекспира бы голова закружилась.

ten Mantel in das Zimmer, mit einem roten erfrorenen Gesicht und einem Ausdruck von Schwäche und Unsicherheit, wie ihn gewöhnlich Leute haben, die zwar wenig, doch beständig trinken.

«Ah, meine Hochachtung...», sagte Jerschakow, ohne sich nach dem Eintretenden umzublicken. «Was gibt es Gutes, Herr Heinim?»

Jerschakow warf die Worte «Genie» und «Heine» durcheinander, und sie hatten sich bei ihm zu «Heinim» verschmolzen, wie er den alten Mann stets nannte.

«Ja, hier habe ich die kleine Bestellung gebracht», antwortete Heinim. «Ist schon fertig...»

«So schnell?»

«In drei Tagen, Sachar Semjonytsch, kann man nicht nur einen Reklametext, sondern einen Roman verfassen. Für den Reklametext genügt eine Stunde.»

«Nur? Und da feilschst du immer, als ob du einen Jahresauftrag annähmest. Na, dann zeigen Sie mal, was Sie verfaßt haben.»

Heinim zog einige zerknitterte, mit Bleistift beschriebene Papierchen aus der Tasche und näherte sich dem Pult.

«Das habe ich hier noch im Unreinen, in allgemeinen Zügen...», sagte er. «Ich werde es Ihnen vorlesen, und Sie wollen sich in den Text hineindenken und, falls Sie einen Fehler finden, Hinweise geben. Fehler machen ist keine Kunst, Sachar Semjonytsch ... Glauben Sie? Ich habe für drei Geschäfte gleichzeitig Reklametexte abgefaßt... Da hätte sich auch einem Shakespeare alles im Kopf gedreht.»

Гейним надел очки, поднял брови и начал читать печальным голосом и точно декламируя:

— «Сезон тысяча восемьсот восемьдесят пятого — восемьдесят шестого года. Поставщик китайских чаёв во все города Европейской и Азиатской России и за границу, З. С. Ершаков. Фирма существует с тысяча восемьсот четвёртого года». Всё это вступление, понимаете, будет в орнаментах, между гербами. Я одному купцу рекламу сочинял, так тот взял для объявления гербы разных городов. Так и вы можете сделать, и я для вас придумал такой орнамент, Захар Семёныч: лев, а у него в зубах лира. Теперь дальше: «Два слова к нашим покупателям. Милостивые государи! Ни политические события последнего времени, ни холодный индифферентизм, всё более проникающий во все слои нашего общества, ни обмеление Волги, на которое ещё так недавно указывала лучшая часть нашей прессы, — ничто не смущает нас. Долголетнее существование нашей фирмы и симпатии, которыми мы успели заручиться, дают нам возможность прочно держаться почвы и не изменять раз навсегда заведённой системе как в сношениях наших с владельцами чайных плантаций, так равно и в добросовестном ис-

Heinim setzte die Brille auf, zog die Brauen hoch und begann mit trauriger Stimme, gerade als ob er deklamierte, zu lesen:

«Saison 1885—86. Lieferant von chinesischen Teesorten nach allen Städten des europäischen und asiatischen Rußland und des Auslandes: S. S. Jerschakow. Die Firma existiert seit 1804. Diese ganze Einleitung, verstehen Sie, soll in Ornamenten zwischen Wappen stehen.

Ich habe mal für einen Kaufmann einen Reklametext verfaßt, und der hat für die Anzeige die Wappen verschiedener Städte dazugenommen. So können Sie es auch machen, und für Sie selber, Sachar Semjonytsch, habe ich mir folgendes Ornament ausgedacht: ein Löwe, der eine Leier in den Zähnen hält.

Nun weiter: Zwei Worte an unsere Kundschaft. Sehr geehrte Herren! Weder die politischen Ereignisse der letzten Zeit noch die kalte Unfähigkeit, Unterscheidungen zu treffen, die immer weitere Schichten unserer Gesellschaft durchdringt, noch auch die Versandung der Wolga, auf die erst kürzlich der beste Teil unserer Presse hingewiesen hat, nichts vermag uns zu beirren. Das langjährige Bestehen unserer Firma und die Wertschätzung, derer wir uns zu versichern vermochten, geben uns die Möglichkeit, fest auf dem Boden zu stehen und unseren ein für alle Mal eingeführten Geschäftsgepflogenheiten nicht untreu zu werden, weder in unseren Beziehungen zu den Besitzern der Teeplantagen, noch auch in der gewissenhaften Ausführung

полнении заказов. Наш девиз достаточно известен. Выражается он в немногих, но многозначительных словах: добросовестность, дешевизна и скорость!!»

— Хорошо! Очень хорошо! — перебил Ершаков, двигаясь на стуле. — Даже не ожидал, что так сочините. Ловко! Только вот что, милый друг... нужно тут как-нибудь тень навести, затуманить, как-нибудь этак, знаешь, фокус устроить... Публикуем мы тут, что фирма только что получила партию свежих первосборных весенних чаёв сезона тысяча восемьсот восемьдесят пятого года... Так? А нужно, кроме того, показать, что эти только что полученные чаи лежат у нас в складе уже три года, но тем не менее будто из Китая мы их получили только на прошлой неделе.

— Понимаю-с... Публика и не заметит противоречия. В начале объявления мы напишем, что чай только что получены, а в конце мы так скажем: «Имея большой запас чая с оплатой прежней пошлины, мы без ущерба собственным интересам можем продавать их по прейскуранту прошлых лет...» и так далее. Ну-с, на другой странице будет прейскурант. Тут опять пойдут гербы и орнаменты... Под ними крупным шрифтом: «Прейскурант отборным аро-

der Bestellungen. Unsere Devise ist hinlänglich bekannt. Sie ist in wenigen, aber bedeutungsvollen Worten ausgedrückt: Gewissenhaftigkeit, Wohlfeilheit und Schnelligkeit!»

«Gut! Sehr gut!» unterbrach ihn Jerschakow, indem er auf seinem Stuhl hin und her rutschte. «Ich hatte gar nicht erwartet, daß Sie es so gut abfassen würden. Geschickt! Nur eins, lieber Freund ... Es müßte hier irgendwie abgeschattet, vernebelt werden, es müßte ein wenig, weißt du, wie ein Taschenspielerstückchen gemacht werden... Wir geben hier bekannt, daß die Firma soeben eine Partie frischer Frühlingsteesorten erster Pflückung der Saison 1885 erhalten hat... Nicht wahr? Aber außerdem muß man darauf hinweisen, daß diese soeben erhaltenen Teesorten sich schon drei Jahre bei uns am Lager befinden, und nichtsdestoweniger tun wir so, als hätten wir sie erst in der vorigen Woche aus China erhalten.»

«Verstehe... Das Publikum wird den Widerspruch überhaupt nicht bemerken. Am Anfang der Anzeige werden wir schreiben, daß wir die Tees eben erst erhielten, am Ende aber werden wir so sagen: Da wir über einen großen Vorrat von Tee mit der früheren Zoll-Belastung verfügen, können wir ihn ohne Nachteile für unsere eigenen Interessen noch gemäß der Preisliste der vorigen Jahre verkaufen... und so weiter.

Gut, und auf der anderen Seite wird die Preisliste stehen. Dort gibt es wieder Wappen und Ornamente... Darunter in großen Lettern: Preisliste

матическим фучанским, кяхтинским и байховым чаям первого весеннего сбора, полученным из вновь приобретённых плантаций»... Дальше-с: «Обращаем внимание истинных любителей на лянсинные чаи, из коих самою большою и заслуженною любовью пользуется «Китайская эмблема, или Зависть конкурентов», три рубля пятьдесят копеек. Из розанистых чаёв мы особенно рекомендуем «Богдыханская роза», два рубля, и «Глаза китаянки», один рубль восемьдесят копеек». За ценами пойдёт петитом о развеске и пересылке чая. Тут же о скидке и насчёт премий: «Большинство наших конкурентов, желая завлечь к себе покупателей, закидывает удочку в виде премий. Мы, с своей стороны, протестуем против этого возмутительного приёма и предлагаем нашим покупателям не в виде премии, а бесплатно все приманки, какими угощают конкуренты своих жертв. Всякий, купивший у нас не менее чем на пятьдесят рублей, выбирает и получает бесплатно одну из следующих пяти вещей: чайник из британского металла, сто визитных карточек, план города Москвы, чайницу в виде нагой китаянки и книгу «Жених удивлён, или Невеста под корытом», рассказ Игривого весельчака».

der erlesenen aromatischen Teesorten der ersten Frühjahrspflückung aus Futschan, Kjachta und Baihow, die wir aus unlängst erworbenen Plantagen erhielten... Und weiter: Wir lenken die Aufmerksamkeit der wahren Teeliebhaber auf die Teesorten aus Lan-sin, von denen die Sorte ‹Chinesisches Emblem oder Neid der Konkurrenz› die größte und meistverdiente Beliebtheit genießt, 3,50 Rubel.

Von den rosenduftenden Teesorten empfehlen wir besonders ‹Rose von Bogdychan› zu 2 Rubel und ‹Augen der Chinesin› zu 1,80 Rubel. Nach den Preisen kommt in kleinem Schriftgrad einiges über das Auswiegen und den Versand des Tees. Und da heißt es auch über den Rabatt und in Bezug auf Prämien: Die Mehrzahl unserer Konkurrenten wirft in dem Wunsche, Käufer anzulocken, eine Angel in Gestalt von Prämien aus. Wir unsererseits protestieren gegen dieses empörende Verfahren und bieten unseren Käufern nicht in Form von Prämien, sondern gratis alle die Lockspeisen an, mit denen die Konkurrenz ihre Opfer bewirtet.

Jeder, der bei uns für nicht weniger als fünzig Rubel einkauft, erhält zur Wahl und kostenlos einen der folgenden fünf Gegenstände: einen Teekessel aus Britannia-Metall, hundert Visitenkarten, einen Stadtplan von Moskau, eine Teedose in Gestalt einer nackten Chinesin oder das Buch ‹Der Bräutigam ist erstaunt, oder Die Braut unter dem Trog — Erzählung eines koketten Spaßmachers›.»

Кончив чтение и сделав кое-какие поправки, Гейним быстро переписал рекламу начисто и вручил её Ершакову. После этого наступило молчание... Оба почувствовали себя неловко, как будто совершили какую-то пакость.

— Деньги за работу сейчас прикажете получить или после? — спросил Гейним нерешительно.

— Когда хотите, хоть сейчас... — небрежно ответил Ершаков. — Ступай в магазин и бери чего хочешь на пять с полтиной.

— Мне бы деньгами, Захар Семёныч.

— У меня нет моды деньгами платить. Всем плачу чаем да сахаром: и вам, и певчим, где я старостой, и дворникам. Меньше пьянства.

— Разве, Захар Семёныч, мою работу можно равнять с дворниками да с певчими? У меня умственный труд.

— Какой труд! Сел, написал, и всё тут. Писанья не съешь, не выпьешь... плёвое дело! И рубля не стоит.

— Гм... Как вы насчёт писанья рассуждаете, — обиделся Гейним. — Не съешь, не выпьешь. Того не понимаете, что я, может, когда сочинял эту рекламу, душой страдал. Пишешь и чувствуешь, что всю Россию в обман вводишь. Дайте денег, Захар Семёныч!

Nachdem er zu Ende gelesen und einige Korrekturen gemacht hatte, schrieb Heinim den Reklametext schnell ins Reine und händigte ihn Jerschakow aus. Hierauf trat ein Schweigen ein... Beide hatten ein unangenehmes Gefühl, so als hätten sie eine Gemeinheit begangen.

«Befehlen Sie, daß ich das Geld für die Arbeit gleich oder später in Empfang nehme?» fragte Heinim unschlüssig.

«Wann Sie wollen, meinetwegen gleich...», antwortete Jerschakow nachlässig. «Geh in den Laden und nimm dir dort, was du willst, für fünf fünfzig.»

«Ich hätte es lieber in bar, Sachar Semjonytsch.»

«Ich pflege nicht bar zu bezahlen. Ich zahle allen in Tee und Zucker: Ihnen sowohl wie den Chorsängern, deren Altmitglied ich bin, und auch den Hausknechten. So gibt es weniger Trunkenheit.»

«Kann man denn meine Arbeit mit der von Hausknechten und Sängern vergleichen, Sachar Semjonytsch? Bei mir ist es Verstandesarbeit.»

«Was denn für Arbeit! Hingesetzt, geschrieben und fertig. Geschreibsel kann man weder essen noch trinken... gespucktes Zeug! Keinen Rubel wert!»

«Hm... wie Sie da hinsichtlich Geschreibsel urteilen...» Heinim war gekränkt. «Nicht zu essen, nicht zu trinken. Sie verstehen wohl nicht, daß ich, als ich diesen Reklametext verfaßte, vielleicht seelisch gelitten habe. Da schreibt man und fühlt, daß man ganz Rußland betrügt. Geben Sie mir Geld, Sachar Semjonytsch!»

— Надоел, брат. Нехорошо так приставать.

— Ну, ладно. Так я сахарным песком возьму. Ваши же молодцы у меня его назад возьмут по восьми копеек за фунт. Потеряю на этой операции копеек сорок, ну, да что делать! Будьте здоровы-с!

Гейним повернулся, чтобы выйти, но остановился в дверях, вздохнул и сказал мрачно:

— Россию обманываю! Всю Россию! Отечество обманываю из-за куска хлеба! Эх!

И вышел. Ершаков закурил гаванку, и в его комнате ещё сильнее запахло культурным человеком.

«Du fällst mir auf die Nerven, Bruder. Es ist unschön, sich so aufzudrängen.»

«Nun meinetwegen. Dann werde ich Streuzucker nehmen. Ihre tüchtigen jungen Leute werden ihn von mir für acht Kopeken das Pfund zurückkaufen. Ich verliere bei diesem Handel vierzig Kopeken, nun ja, was kann man da machen! Bleiben Sie gesund!»

Heinim wandte sich, um hinauszugehen, blieb jedoch in der Tür stehen, seufzte und sagte mißmutig:

«Ich betrüge Rußland! Ganz Rußland! Das Vaterland betrüge ich für ein Stückchen Brot! Ach je!»

Und ging. Jersachkow zündete sich eine kleine Havanna an, und es duftete in seinem Zimmer noch stärker nach einem kultivierten Menschen.

Злой мальчик
Der böse Junge

Иван Иваныч Лапкин, молодой человек приятной наружности, и Анна Семёновна Замблицкая, молодая девушка со вздёрнутым носиком, спустились вниз по крутому берегу и усёлись на скамеечке. Скамеечка стояла у самой воды, между густыми кустами молодого ивняка. Чудное местечко! Сели вы тут, и вы скрыты от мира — видят вас одни только рыбы да пауки-плауны, молнией бегающие по воде. Молодые люди были вооружены удочками, сачками, банками с червями и прочими рыболовными принадлежностями. Усевшись, они тотчас же принялись за рыбную ловлю.

— Я рад, что мы, наконец, одни, —

Iwan Iwanowitsch Lapkin, ein junger Mann von angenehmem Äußeren, und Anna Semjonowna Samblizkaja, ein junges Mädchen mit Stupsnäschen, stiegen das steile Ufer hinab und setzten sich auf ein Bänkchen. Das Bänkchen stand unmittelbar am Wasser, zwischen dichtem jungen Weidengebüsch. Ein wunderbares Plätzchen!

Sitzt man dort, ist man vor der Welt verborgen — nur die Fische können einen sehen und die Wasserspinnen, die blitzschnell über das Wasser laufen. Die jungen Leute waren mit Angeln, Keschern, Büchsen voller Würmer und dergleichen Gerätschaften zum Fischen ausgerüstet. Als sie sich gesetzt hatten, machten sie sich sogleich ans Angeln.

«Ich bin froh, daß wir endlich allein sind», fing

начал Лапкин, оглядываясь. — Я должен сказать вам многое, Анна Семёновна... Очень многое... Когда я увидел вас в первый раз... У вас клюёт... Я понял тогда, для чего я живу, понял, где мой кумир, которому я должен посвятить свою честную, трудовую жизнь... Это, должно быть, большая клюёт... Увидя вас, я полюбил впервые, полюбил страстно! Подождите дёргать... пусть лучше клюнет... Скажите мне, моя дорогая, заклинаю вас, могу ли я рассчитывать — не на взаимность, нет! — этого я не стою, я не смею даже помыслить об этом, — могу ли я рассчитывать на... Тащите!

Анна Семёновна подняла вверх руку с удилищем, рванула и вскрикнула. В воздухе блеснула серебристо-зелёная рыбка.

— Боже мой, окунь! Ах, ах... Скорей! Сорвался!

Окунь сорвался с крючка, запрыгал по травке к родной стихии и... бултых в воду!

В погоне за рыбой Лапкин вместо рыбы как-то нечаянно схватил руку Анны Семёновны, нечаянно прижал её к губам... Та отдёрнула, но уже было поздно: уста нечаянно слились в поцелуй. Это вышло как-то нечаянно. За поцелуем следовал другой поцелуй, за-

Lapkin an, indem er sich umschaute. «Ich muß Ihnen vieles sagen, Anna Semjonowna, sehr vieles... Als ich Sie zum ersten Mal erblickte... Bei Ihnen beißt einer an... Damals begriff ich, wofür ich lebe, ich begriff, wo ich mein Ideal finde, dem ich mein ganzes ehrliches, arbeitsames Leben zu widmen habe... Das muß ein Großer sein, der da anbeißt ... Als ich Sie sah, verliebte ich mich zum ersten Mal, verliebte mich leidenschaftlich!... Warten Sie mit dem Herausziehen... lassen Sie ihn noch fester anbeißen...

Sagen Sie mir, meine Teure, ich beschwöre Sie, ob ich hoffen kann — nicht auf Gegenseitigkeit, nein, dessen bin ich nicht wert, daran wage ich gar nicht zu denken — ob ich darauf hoffen kann, daß... Ziehen Sie!»

Anna Semjonowna hob den Arm mit der Angel, riß sie hoch und schrie auf. In der Luft glitzerte ein silbergrünes Fischlein.

«Mein Gott, ein Barsch! Oh, oh... geschwind! Er hat sich losgerissen!»

Der Barsch riß sich vom Angelhaken los, schnellte über das Gras zu seinem vertrauten Element und — platsch ins Wasser!

Auf der Jagd nach dem Fisch erhaschte Lapkin unwillkürlich statt des Fisches die Hand Anna Semjonownas und drückte sie unwillkürlich an seine Lippen... Anna Semjonowna zog sie zwar fort, doch es war schon zu spät: unwillkürlich hatten sich die Lippen in einem Kuß gefunden. Das war ganz unwillkürlich geschehen. Auf den ersten Kuß folgte

тем клятвы, уверения… Счастливые минуты!

Впрочем, в этой земной жизни нет ничего абсолютно счастливого. Счастливое обыкновенно носит отраву в себе самом или же отравляется чем-нибудь извне. Так и на этот раз. Когда молодые люди целовались, вдруг послышался смех. Они взглянули на реку и обомлели: в воде по пояс стоял голый мальчик. Это был Коля, гимназист, брат Анны Семёновны. Он стоял в воде, глядел на молодых людей и ехидно улыбался.

— А-а-а… вы целуетесь? — сказал он. — Хорошо же! Я скажу мамаше.

— Надеюсь, что вы, как честный человек… — забормотал Лапкин краснея. — Подсматривать подло, а пересказывать низко, гнусно и мерзко… Полагаю, что вы, как честный и благородный человек…

— Дайте рубль, тогда не скажу! — сказал благородный человек. — А то скажу.

Лапкин вынул из кармана рубль и подал его Коле. Тот сжал рубль в мокром кулаке, свистнул и поплыл. И молодые люди на этот раз уже больше не целовались.

На другой день Лапкин привёз Коле из города краски и мячик, а сестра подарила ему все свои коробочки из-под

ein zweiter Kuß, und danach folgten Schwüre und Beteuerungen... Glückselige Minuten!

Allein, es gibt in diesem irdischen Leben kein vollkommenes Glück. Das Glück trägt in aller Regel den Keim der Vergiftung in sich selbst, oder es wird durch etwas von außen her vergiftet. So auch dieses Mal. Während sich die jungen Leute küßten, war auf einmal ein Gelächter zu hören. Sie schauten zum Fluß hin und erstarrten vor Schreck: Bis zum Gürtel im Wasser stand da ein nackter Junge. Es war Kolja, ein Gymnasiast, Anna Semjonownas Bruder. Er stand im Wasser, schaute die jungen Leute an und lächelte heimtückisch.

«Ah — ah — ah... Sie küssen sich?» sagte er. «Schon gut! Ich werde es Mamachen sagen.»

«Ich hoffe, daß Sie, als ehrenhafter Mensch...», murmelte Lapkin errötend. «Spionieren ist gemein, aber weitererzählen ist niedrig, schändlich und abscheulich. Ich nehme an, daß Sie, als ehrenhafter und anständiger Mensch...»

«Geben Sie mir einen Rubel, dann werd ich's nicht erzählen!» sagte der anständige Mensch. «Sonst erzähl ich's.»

Lapkin zog einen Rubel aus der Tasche und gab ihn Kolja. Dieser drückte den Rubel in seine nasse Faust, pfiff und schwamm davon.

Und die jungen Leute küßten sich für diesmal schon nicht mehr.

Am nächsten Tage brachte Lapkin aus der Stadt Farben und einen Ball für Kolja mit, und seine Schwester schenkte ihm alle ihre leeren Pillendöschen.

пилюль. Потом пришлось подарить и запонки с собачьими мордочками. Злому мальчику, очевидно, всё это очень нравилось, и, чтобы получить ещё больше, он стал наблюдать. Куда Лапкин с Анной Семёновной, туда и он. Ни на минуту не оставлял их одних.

— Подлец! — скрежетал зубами Лапкин. — Как мал, и какой уже большой подлец! Что же из него дальше будет?!

Весь июнь Коля не давал житья бедным влюблённым. Он грозил доносом, наблюдал и требовал подарков; и ему всё было мало, и в конце концов он стал поговаривать о карманных часах. И что же? Пришлось пообещать часы.

Как-то раз за обедом, когда подали вафли, он вдруг захохотал, подмигнул одним глазом и спросил у Лапкина:

— Сказать? А?

Лапкин страшно покраснел и зажевал вместо вафли салфетку. Анна Семёновна вскочила из-за стола и убежала в другую комнату.

И в таком положении молодые люди находились до конца августа, до того самого дня, когда, наконец, Лапкин сделал Анне Семёновне предложение. О, какой это был счастливый день! Поговоривши с родителями невесты и получив согласие, Лапкин прежде всего по-

Bald darauf mußte man ihm Manschettenknöpfe mit Hundeschnauzen schenken. Dem bösen Jungen gefiel das alles offensichtlich sehr gut, und um noch mehr zu bekommen, fing er an zu beobachten. Wohin immer Lapkin und Anna Semjonowna gehen mochten, dorthin ging auch er. Er ließ sie nicht für einen Augenblick allein.

«Der Schuft!» knirschte Lapkin mit den Zähnen. «So klein und schon so ein großer Schuft! Was wird aus ihm später noch werden?!»

Den ganzen Juni hindurch machte Kolja den beiden armen Verliebten das Leben schwer. Er drohte mit Denunziation, er beobachtete sie und forderte Geschenke, alles war ihm zu wenig, und endlich fing er auch noch an, von einer Taschenuhr zu reden. Was blieb anderes übrig — man mußte ihm die Uhr versprechen.

Einmal beim Mittagessen, als gerade Waffeln serviert wurden, brach er plötzlich in Lachen aus, zwinkerte mit einem Auge und fragte Lapkin:

«Soll ich es sagen? He?»

Lapkin errötete heftig, und statt auf seiner Waffel kaute er auf der Serviette herum. Anna Semjonowna sprang vom Tisch auf und lief ins Nebenzimmer.

In dieser Lage befanden sich die jungen Leute bis Ende August, bis zu dem gewissen Tage, an dem Lapkin endlich um die Hand Anna Semjonownas anhielt. Oh, was für ein glücklicher Tag war das! Nachdem Lapkin mit den Eltern seiner Braut gesprochen und deren Einwilligung erhalten hatte, eilte er als erstes in den Garten, um Kolja zu su-

бежал в сад и принялся искать Колю. Найдя его, он чуть не зарыдал от восторга и схватил злого мальчика за ухо. Подбежала Анна Семёновна, тоже искавшая Колю, и схватила за другое ухо. И нужно было видеть, какое наслаждение было написано на лицах у влюблённых, когда Коля плакал и умолял их:

— Миленькие, славненькие, голубчики, не буду! Ай, ай, простите!

И потом оба они сознавались, что за всё время, пока были влюблены друг в друга, они ни разу не испытывали такого счастья, такого захватывающего блаженства, как в те минуты, когда драли злого мальчика за уши.

chen. Als er ihn gefunden hatte, schluchzte er fast vor Wonne und packte den bösen Jungen am Ohr. Anna Semjonowna, die ebenfalls auf die Suche nach Kolja gegangen war, eilte herbei und packte ihn am anderen Ohr. Man hätte sehen sollen, welche Wonne auf den Gesichtern der Verliebten geschrieben stand, als Kolja heulte und sie um Gnade anflehte:

«Ihr Liebsten, ihr Besten, ihr meine Täubchen, ich werde es nicht mehr tun! Au, au, verzeiht mir!»

Und später gestanden sich die beiden ein, daß sie während der ganzen Zeit, als sie ineinander verliebt waren, niemals ein solches Glück, eine so berauschende Seligkeit empfunden hatten wie in den Minuten, als sie den bösen Jungen an den Ohren zogen.

Да́чники
Die Sommerfrischler

По да́чной платфо́рме взад и вперёд
прогу́ливалась па́рочка неда́вно поже-
ни́вшихся супру́гов. Он держа́л её за
та́лию, а она́ жа́лась к нему́, и о́ба бы́ли
сча́стливы. Из-за о́блачных обры́вков
гляде́ла на них луна́ и хму́рилась: ве-
роя́тно, ей бы́ло зави́дно и доса́дно на своё
ску́чное, никому́ ненужное де́вство. Не-
подви́жный во́здух был гу́сто насы́щен
за́пахом сире́ни и черёмухи. Где́-то, по ту
сто́рону ре́льсов, крича́л коросте́ль . . .

— Как хорошо́, Са́ша, как хорошо́!
— говори́ла жена́. — Пра́во, мо́жно по-
ду́мать, что всё э́то сни́тся. Ты посмотри́,
как ую́тно и ла́сково гляди́т э́тот лесо́к!
Как милы́ э́ти соли́дные, молчали́вые

Auf dem Bahnsteig einer Sommerfrische spazierte ein jungverheiratetes Pärchen auf und ab. Der Mann hielt die Frau um die Taille, sie schmiegte sich an ihn, und beide waren glücklich. Hinter Wolkenfetzen blickte der Mond hervor und verdüsterte sich: wahrscheinlich war er neidisch auf sie und verdrossen über seinen langweiligen, niemandem nützlichen Zölibat. Die regungslose Luft war gesättigt vom Duft des Flieders und des Faulbeerbaums. Irgendwo jenseits der Schienen erklang der Ruf des Wachtelkönigs...

«Wie schön, Sascha, wie schön!» sagte die Frau. «Wahrhaftig, man könnte glauben, daß man dies alles nur träumt. Schau nur, wie behaglich und freundlich das Wäldchen dort aussieht! Und wie hübsch diese soliden und schweigsamen Telegrafen-

телеграфные столбы! Они, Саша, оживляют ландшафт и говорят, что там, где-то, есть люди... цивилизация... А разве тебе не нравится, когда до твоего слуха ветер слабо доносит шум идущего поезда?

— Да... Какие, однако, у тебя руки горячие! Это оттого, что ты волнуешься, Варя... Что у нас сегодня к ужину готовили?

— Окрошку и цыплёнка... Цыплёнка нам на двоих довольно. Тебе из города привезли сардины и балык.

Луна, точно табаку понюхала, спряталась за облако. Людское счастье напомнило ей об её одиночестве, одинокой постели за лесами и долами...

— Поезд идёт! — сказала Варя. — Как хорошо!

Вдали показались три огненные глаза. На платформу вышел начальник полустанка. На рельсах там и сям замелькали сигнальные огни.

— Проводим поезд и пойдём домой, — сказал Саша и зевнул. — Хорошо нам с тобой живётся, Варя, так хорошо, что даже невероятно!

Тёмное страшилище бесшумно подползло к платформе и остановилось. В полуосвещённых вагонных окнах замелькали сонные лица, шляпки, плечи...

pfosten sind! Sie beleben die Landschaft, Sascha, und erzählen, daß dort irgendwo Menschen sind... und die Zivilisation... Und gefällt es dir nicht auch, wenn der Wind das Geräusch eines fahrenden Zuges schwach an dein Ohr trägt?»

«Ja... aber was hast du denn für heiße Hände! Das kommt davon, daß du dich aufregst Warja... Was hat man uns heute zum Abendessen vorbereitet?»

«Kalte Gurken-Fleisch-Suppe und Hühnchen... Das Hühnchen reicht für uns beide. Und für dich hat man aus der Stadt Sardinen und gedörrten Stör mitgebracht.»

Als hätte er Tabak geschnupft, versteckte sich der Mond hinter einer Wolke. Das menschliche Glück erinnerte ihn an seine Einsamkeit, an sein einsames Lager hinter Wäldern und Tälern...

«Der Zug kommt!» sagte Warja. «Wie schön!»

In der Ferne zeigten sich drei feurige Augen. Der Stationsvorsteher der Bedarfshaltestelle trat auf den Bahnsteig heraus. Entlang den Schienen leuchteten hier und da Signallichter auf.

«Wir wollen den Zug abwarten und dann nach Hause gehen», sagte Sascha und gähnte. «Wie schön leben wir miteinander, Warja, so schön, daß es kaum zu glauben ist!»

Geräuschlos kroch das dunkle Ungeheuer an den Bahnsteig heran und hielt.

An den schwach erleuchteten Wagenfenstern tauchten verschlafene Gesichter auf, Hüte und Schultern...

— Ах! Ах! — послышалось из одного вагона. — Варя с мужем вышла нас встретить! Вот они! Варенька!.. Варечка! Ах!

Из вагона выскочили две девочки и повисли на шее у Вари. За ними показались полная, пожилая дама и высокий, тощий господин с седыми бачками, потом два гимназиста, навьюченные багажом, за гимназистами гувернантка, за гувернанткой бабушка.

— А вот и мы, а вот и мы, дружок! — начал господин с бачками, пожимая Сашину руку. — Чай, заждался! Небось бранил дядю за то, что не едет! Коля, Костя, Нина, Фифа... дети! Целуйте кузена Сашу! Все к тебе, всем выводком, и денька на три, на четыре. Надеюсь, не стесним? Ты, пожалуйста, без церемонии.

Увидев дядю с семейством, супруги пришли в ужас. Пока дядя говорил и целовался, в воображении Саши промелькнула картина: он и жена отдают гостям свои три комнаты, подушки, одеяла; балык, сардины и окрошка съедаются в одну секунду, кузены рвут цветы, проливают чернила, галдят, тётушка целые дни толкует о своей болезни (солитёр и боль под ложечкой) и о том, что она урождённая баронесса фон Финтих...

«Oh, oh» tönte es aus einem Wagen. «Warja und ihr Mann sind gekommen, uns zu empfangen. Da sind sie! Warenka! Waretschka! Ach!»

Zwei Mädchen sprangen aus dem Wagen und hängten sich Warja an den Hals. Hinter ihnen zeigten sich eine füllige ältere Dame und ein hochgewachsener hagerer Mann mit grauem Backenbart, des weiteren zwei Gymnasiasten, schwer beladen mit Gepäck, hinter den Gymnasiasten die Gouvernante und hinter der Gouvernante die Großmutter.

«Da sind wir, da sind wir, mein Freund!» begann der Herr mit dem Backenbart, indem er Sascha die Hand drückte. «Hast uns wohl längst erwartet! Hast wohl schon den Onkel gescholten, weil er immer nicht kam! Kolja, Kostja, Nina, Fifa... Kinder! Küßt euren Vetter Sascha! Wir kommen alle zu dir, mit der ganzen Brut, auf drei bis vier Tage. Ich hoffe, wir fallen euch nicht zur Last? Ich bitte dich jedenfalls: ohne alle Umstände!»

Als die den Onkel mit der ganzen Familie erblickten, packte die Ehegatten das Entsetzen. Während der Onkel redete und ihn abküßte, stieg in Sascha ein Phantasiebild auf:

seine Frau und er überlassen dem Besuch die drei Zimmer, die Kissen und Decken; im Nu sind Stör, Sardinen und kalte Suppe verspeist; die Vettern reißen Blumen ab, vergießen Tinte und machen Lärm, die Tante erläutert ganze Tage lang ihre Krankheit (ein Bandwurm und Schmerzen in der Herzgrube) und die Tatsche, daß sie eine geborene Baronesse von Fintich ist...

И Саша уже с ненавистью смотрел на свою молодую жену и шептал ей:

— Это они к тебе приехали... чёрт бы их побрал!

— Нет, к тебе! — отвечала она, бледная, тоже с ненавистью и со злобой. — Это не мой, а твой родственники!

И, обернувшись к гостям, она сказала с приветливой улыбкой:

— Милости просим!

Из-за облака опять выплыла луна. Казалось, она улыбалась; казалось, ей было приятно, что у неё нет родственников. А Саша отвернулся, чтобы скрыть от гостей своё сердитое, отчаянное лицо, и сказал, придавая голосу радостное, благодушное выражение:

— Милости просим! Милости просим, дорогие гости!

Und schon blickte Sascha voller Haß auf seine junge Frau und flüsterte ihr zu:

«Die sind zu dir gekommen... Hätte sie doch der Teufel geholt!»

«Nein, zu dir!» erwiderte sie, blaß und ebenfalls voller Haß und Zorn. «Es sind nicht meine, sondern deine Verwandten.»

Und zu den Gästen gewandt, sagte sie mit verbindlichem Lächeln:

«Willkommen!»

Hinter seiner Wolke schwamm der Mond wieder hervor. Es schien, als lächle er; es schien, als sei es ihm angenehm, daß er keine Verwandten hatte. Sascha aber wandte sich ab, um sein verärgertes und verzweifeltes Gesicht vor den Gästen zu verbergen, und sagte, indem er seiner Stimme einen fröhlichen und wohlwollenden Ausdruck gab:

«Willkommen! Willkommen, meine teuren Gäste!»

Гости́ная ста́тского сове́тника Шара-мы́кина оку́тана прия́тным полумра́ком. Больша́я бро́нзовая ла́мпа с зелёным абажу́ром кра́сит в зе́лень à la «украи́нская ночь» сте́ны, ме́бель, ли́ца... И́зредка в потуха́ющем ками́не вспы́хивает тле́ющее поле́но и на мгнове́ние залива́ет ли́ца цве́том пожа́рного за́рева; но э́то не по́ртит о́бщей светово́й гармо́нии. О́бщий тон, как говоря́т худо́жники, вы́держан.

Пе́ред ками́ном в кре́сле, в по́зе то́лько что пообе́давшего челове́ка, сиди́т сам Шарамы́кин, пожило́й господи́н с седы́ми чино́вничьими ба́кенами и с кро́ткими голубы́ми глаза́ми. По лицу́

Der Salon des Staatsrates Scharamykin ist in ange-
nehmes Halbdunkel gehüllt. Die große Bronzelampe
mit dem grünen Schirm taucht Wände, Möbel und
Gesichter in grünes Licht à la «Nacht in der Ukrai-
ne»... Zuweilen flackert im verlöschenden Kamin
ein glimmendes Scheit auf und überflutet für einen
Augenblick die Gesichter mit dem Widerschein eines
Feuerbrandes;

              aber das stört die allgemeine Harmo-
nie der Beleuchtung nicht. Der Grundton ist, wie die
Künstler sagen, durchgehalten.

  Vor dem Kamin in einem Lehnstuhl sitzt in der
Haltung eines Menschen, der soeben zu Mittag ge-
speist hat, Scharamykin selbst, ein älterer Herr mit
dem grauen Backenbart des Beamten und sanften
blauen Augen. Auf seinem Gesicht liegt Zärtlichkeit

его разлита нежность, губы сложены в грустную улыбку. У его ног, протянув к камину ноги и лениво потягиваясь, сидит на скамеечке вице-губернатор Лопнев, бравый мужчина лет сорока. Около пианино возятся дети Шарамыкина: Нина, Коля, Надя и Ваня. Из слегка отворённой двери, ведущей в кабинет г-жи Шарамыкиной, робко пробивается свет. Там за дверью, за своим письменным столом, сидит жена Шарамыкина, Анна Павловна, председательница местного дамского комитета, живая и пикантная дамочка, лет тридцати с хвостиком. Её чёрные, бойкие глазки бегают сквозь пенсне по страницам французского романа. Под романом лежит растрёпанный комитетский отчёт за прошлый год.

— Прежде наш город в этом отношении был счастливее, — говорит Шарамыкин, щуря свои кроткие глаза на тлеющие уголья. — Ни одной зимы не проходило без того, чтобы не приезжала какая-нибудь звезда. Бывали и знаменитые актёры, и певцы, а нынче... чёрт знает что! кроме фокусников да шарманщиков, никто не наезжает. Никакого эстетического удовольствия... Живём, как в лесу. Да-с... А помните, ваше превосходительство, того итальян-

ausgebreitet, die Lippen sind zu einem wehmütigen Lächeln zusammengezogen. Zu seinen Füßen sitzt, auf einem Bänkchen faul sich rekelnd, die Füße zum Kamin hin gestreckt, der Vizegouverneur Lopnew, ein wackerer Mann von etwa vierzig Jahren. Neben dem Klavier tummeln sich Scharamykins Kinder: Nina, Kolja, Nadja, Wanja.

Durch die ein wenig geöffnete Tür, die zum Kabinett von Frau Scharamykin führt, fällt ein zaghafter Lichtschein. Dort hinter der Tür sitzt an ihrem Schreibtisch Scharamykins Frau, Anna Pawlowna, die Vorsitzende des örtlichen Damenkomitees, ein lebendiges und pikantes Dämchen von dreißig Jahren und noch einem Schwänzchen mehr. Ihre schwarzen, lebhaften Äuglein fliegen, mit einem Pincenez bewaffnet, über die Seiten eines französischen Romans. Unter dem Roman liegt ein abgegriffener Rechenschaftsbericht des Komitees über das vergangene Jahr.

«Früher war unsere Stadt in dieser Beziehung glücklicher», sagt Scharamykin und blinzelt mit seinen sanften Augen zu den glimmenden Kohlen hin. «Es verging kein Winter, ohne daß irgendein Stern zu uns kam. Es kamen berühmte Schauspieler und Sänger, jetzt aber... weiß der Teufel, was das ist! Außer Taschenspielern und Leierkastenmännern kommt niemand mehr hierher. Es gibt überhaupt kein ästhetisches Vergnügen mehr... Wir leben wie im Walde. Also... erinnern Sie sich noch an diesen italienischen Tragöden, Exzellenz... Wie hieß er doch?... So ein Brünetter, Hochgewachsener... Gott

ского трагика... как его?.. ещё такой брюнет, высокий... Дай бог память... Ах да! Луиджи Эрнесто де Руджиеро... Талант замечательный... Сила! Одно слово скажет, бывало, и театр ходором ходит. Моя Анюточка принимала большое участие в его таланте. Она ему и театр выхлопотала, и билеты на десять спектаклей распродала... Он её за это декламации и мимике учил. Душа человек! Приезжал он сюда... чтоб не соврать... лет двенадцать тому назад... Нет, вру... Меньше, лет десять... Анюточка, сколько нашей Нине лет?

— Десятый год! — кричит из своего кабинета Анна Павловна. — А что?

— Ничего, мамочка, это я так... И певцы хорошие приезжали, бывало... Помните вы tenore di grazia Прилипчина? Что за душа человек! Что за наружность! Блондин... лицо этакое выразительное, манеры парижские... А что за голос, ваше превосходительство! Одна только беда: некоторые ноты желудком пел и «ре» фистулой брал, а то всё хорошо. У Тамберлика, говорил, учился... Мы с Анюточкой выхлопотали ему залу в общественном собрании, и в благодарность за это он, бывало, нам целые дни и ночи распевал... Анюточку петь учил... Приезжал он, как теперь пом-

helfe meinem Gedächtnis... Ach ja, Luigi Ernesto de Ruggero... ein bemerkenswertes Talent. Welche Kraft! Er brauchte manchmal nur ein Wort zu sagen, und das ganze Theater geriet in Bewegung. Meine Anjutotschka nahm großen Anteil an seinem Talent. Sie hatte ihm sowohl den Zugang zum Theater verschafft wie auch die Karten für zehn Vorstellungen ausverkauft.

Dafür gab er ihr Unterricht in Deklamation und Mimik. Eine Seele von einem Menschen! Er kam hierher... daß ich jetzt keinen Unsinn rede... vor zwölf Jahren... nein, das stimmt nicht... es ist weniger, zehn Jahre etwa... Anjutotschka, wie alt ist unsere Nina?»

«Zehn Jahre!» ruft Anna Pawlowna aus ihrem Kabinett. «Warum denn?»

«Nichts, Mamachen, ich fragte nur so... Und auch gute Sänger kamen manchmal... Erinnern Sie sich noch an den tenore di grazia Prilípschin? Was für eine Seele von einem Menschen! Wie gut er aussah! Ein Blonder... das Gesicht so ausdrucksvoll, und so feine Pariser Manieren... und welch eine Stimme, Exzellenz!

Das einzige Malheur war, daß er einige Noten aus dem Bauch sang und das ‹D› mit der Fistelstimme nahm, aber sonst kam alles gut. Bei Tamberlic sei er ausgebildet worden, sagte er ... Anjutotschka und ich verschafften ihm den Saal im Club, und aus Dankbarkeit dafür sang er uns manchmal ganze Tage und Nächte lang vor. Er lehrte Anjutotschka singen... Er kam, wie ich mich jetzt

ню, в великом посту, лет ... лет двенадцать тому назад. Нет, больше ... Вот память, прости господи! Анюточка, сколько нашей Надечке лет?

— Двенадцать!

— Двенадцать ... ежели прибавить десять месяцев ... Ну, так и есть ... тринадцать!.. Прежде у нас в городе както и жизни больше было ... Взять к примеру хоть благотворительные вечера. Какие прекрасные бывали у нас прежде вечера. Что за прелесть! И поют, и играют, и читают ... После войны, помню, когда здесь пленные турки стояли, Анюточка делала вечер в пользу раненых. Собрали тысячу сто рублей ... Турки-офицеры, помню, без ума были от Анюточкина голоса, и все ей руку целовали. Хе, хе... Хоть и азиаты, а признательная нация. Вечер до того удался, что я, верите ли, в дневник записал. Это было, как теперь помню, в ... семьдесят шестом ... нет! В семьдесят седьмом ... Нет! Позвольте, когда у нас турки стояли? Анюточка, сколько нашему Колечке лет?

— Мне, папа, семь лет! — говорит Коля, черномазый мальчуган с смуглым лицом и чёрными, как уголь, волосами.

— Да, постарели и энергии той уж нет!.. — соглашается Лопнев вздыхая.

erinnern kann, zur Zeit des großen Fastens an...
vor... vor zwölf Jahren. Nein, mehr... ach dieses
Gedächtnis, Gott verzeih mir! Anjutotschka, wie alt
ist unser Nadjachen?»

«Zwölf!»

«Zwölf... und wenn man noch zehn Monate
hinzuzählt... ja, so ist es auch... dreizehn Jahre!...
Früher gab es auch mehr Leben in unserer Stadt
... nehmen Sie zum Beispiel nur die Wohltätigkeits-
abende. Was für wundervolle Abende hat es damals
bei uns gegeben! Wie entzückend war es! Es wurde
gesungen, gespielt und rezitiert. Nach dem Kriege,
erinnere ich, als gefangene Türken hier lebten, ver-
anstaltete Anjutotschka einen Abend zugunsten der
Verwundeten. Tausendeinhundert Rubel kamen zusammen... Die türkischen Offiziere, erinnere ich
mich, waren ganz toll von Anjutotschkas Stimme
und küßten ihr immerzu die Hände. Ha, ha...
sind zwar Asiaten, aber doch eine dankbare Nation.
Der Abend war so gut gelungen, daß ich ihn sogar
— wollen Sie es mir glauben — in mein Tagebuch
eingetragen habe. Das war, wie ich mich jetzt erinnere, im... im Jahre sechsundsiebzig... nein! Im
Jahre siebenundsiebzig... Nein! erlauben Sie, wann
waren die Türken bei uns? Anjutotschka, wie alt ist
unser Koljachen?»

«Papa, ich bin sieben Jahre alt!» ruft Kolja, ein
schwärzlicher Junge mit bräunlichem Gesicht und
kohlschwarzem Haar.

«Ja, wir sind älter geworden und haben nicht mehr
die Energie von damals!» stimmt Lopnew seufzend

— Вот где причина... Старость, батенька! Новых инициаторов нет, а старые состарились... Нет уж того огня. Я, когда был помоложе, не любил, чтоб общество скучало... Я был первым помощником вашей Анны Павловны... Вечер ли с благотворительною целью устроить, лотерею ли, приезжую ли знаменитость поддержать — всё бросал и начинал хлопотать. Одну зиму, помню, я до того захлопотался и набегался, что даже заболел... Не забыть мне этой зимы!.. Помните, какой спектакль сочинили мы с вашей Анной Павловной в пользу погорельцев?

— Да это в каком году было?

— Не очень давно... В семьдесят девятом... Нет, в восьмидесятом, кажется! Позвольте, сколько вашему Ване лет?

— Пять! — кричит из кабинета Анна Павловна.

— Ну, стало быть, это было шесть лет тому назад... Да-с, батенька, были дела! Теперь уж не то! Нет того огня!

Лопнев и Шарамыкин задумываются. Тлеющее полено вспыхивает в последний раз и подёргивается пеплом.

zu. «Das ist der Grund... das Alter, Väterchen! Es gibt keine neuen Veranstalter mehr, und die damaligen sind alt geworden... Es ist nicht mehr das gleiche Feuer. Als ich jünger war, mochte ich es nicht, daß die Gesellschaft sich langweilte... Ich war der erste Gehilfe Ihrer Anna Pawlowna... wenn es galt, einen Wohltätigkeitsabend oder eine Lotterie zu veranstalten oder eine angereiste Berühmtheit zu unterhalten — ich ließ alles andere liegen und bemühte mich eifrig darum. In einem Winter, erinnere ich mich, hatte ich so viel zu besorgen und herumzulaufen, daß ich sogar krank wurde... Den Winter werde ich nie vergessen!... Erinnern Sie sich noch, was für eine Aufführung Anna Pawlowna und ich zugunsten der Abgebrannten veranstalteten?»

«In welchem Jahr war denn das?»

«Das ist nicht sehr lange her... neunundsiebzig... nein, es war doch achtzig, scheint mir. Erlauben Sie, wieviel Jahre zählt Ihr Wanja?»

«Fünf! ruft aus dem Kabinett heraus Anna Pawlowna.»

«Nun, so war es also vor sechs Jahren... Tja, Väterchen, das waren Sachen! Jetzt ist es nicht mehr das gleiche! Nicht mehr das gleiche Feuer!»

Lopnew und Scharamykin versinken in Gedanken. Das glimmende Scheit flammt ein letztes Mal auf und bedeckt sich mit Asche.

Винт
Whist

В одну скверную осеннюю ночь Андрей Степанович Пересолин ехал из театра. Ехал он и размышлял о той пользе, какую приносили бы театры, если бы в них давались пьесы нравственного содержания. Проезжая мимо правления, он бросил думать о пользе и стал глядеть на окна дома, в котором он, выражаясь языком поэтов и шкиперов, управлял рулём. Два окна, выходившие из дежурной комнаты, были ярко освещены́.

«Неужели они до сих пор с отчётом возятся? — подумал Пересолин. — Четыре их там дурака, и до сих пор ещё не кончили! Чего доброго, люди поду-

In einer häßlichen Herbstnacht fuhr Andrej Stepa-
nowitsch Peressolin aus dem Theater nach Hause. Er
fuhr so dahin und machte sich Gedanken über den
Nutzen, den die Theater bringen könnten, wenn in
ihnen Stücke moralischen Inhalts gegeben würden.
Als er am Regierungsgebäude vorüberfuhr, gab er
es auf, an diesen Nutzen zu denken,
                                         und richtete
sein Augenmerk auf die Fenster des Hauses, in dem
er, wie es in der Sprache der Poeten und der See-
leute heißt, das Ruder führte. Die zwei Fenster des
Dienstzimmers waren hell erleuchtet.

«Ist es möglich, daß sie noch immer am Rechenschaftsbericht arbeiten?» dachte Peressolin «Da
sitzen vier Narren beieinander und sind noch immer nicht fertig! Was soll das? Die Leute müssen ja

мают, что я им и ночью покою не даю. Пойду подгоню их . . . » — Остановись, Гурий!

Пересолин вылез из экипажа и пошёл в правление. Парадная дверь была заперта, задний же ход, имевший одну только испортившуюся задвижку, был настежь. Пересолин воспользовался последним и через какую-нибудь минуту стоял уже у дверей дежурной комнаты. Дверь была слегка отворена, и Пересолин, взглянув в неё, увидел нечто необычайное. За столом, заваленным большими счётными листами, при свете двух ламп, сидели четыре чиновника и играли в карты. Сосредоточенные, неподвижные, с лицами окрашенными в зелёный цвет от абажуров, они напоминали сказочных гномов или, чего боже избави, фальшивых монетчиков . . . Ещё более таинственности придавала им их игра. Судя по их манерам и карточным терминам, которые они изредка выкрикивали, то был винт; судя же по всему тому, что услышал Пересолин, эту игру нельзя было назвать ни винтом, ни даже игрой в карты. То было нечто неслыханное, странное и таинственное . . . В чиновниках Пересолин узнал Серафима Звиздулина, Степана Кулакевича, Еремея Недоёхова и Ивана Писулина.

— Как же это ты ходишь, чёрт гол-

denken, daß ich ihnen auch nachts keine Ruhe lasse. Ich will hingehen und sie antreiben.» — «Halt an, Gurij!»

Peressolin kletterte aus dem Wagen und betrat das Regierungsgebäude. Die vordere Eingangstür war abgeschlossen, aber die Hintertür, die nur einen schadhaften Riegel hatte, stand weit offen. Peressolin machte sich diesen Umstand zunutze und stand nach kaum einer Minute vor der Tür des Dienstzimmers. Die Tür war ein wenig geöffnet, und als Peressolin hineinschaute, sah er etwas Ungewöhnliches.

Am Tisch, der ganz von großen Rechnungsblättern bedeckt war, saßen beim Schein zweier Lampen vier Beamte und spielten Karten. Gesammelt und regungslos, die Gesichter getönt von der grünen Farbe der Lampenschirme, erinnerten sie an märchenhafte Gnome oder, was Gott verhüten möge, an Falschmünzer... Durch ihr Spiel wurden sie noch geheimnisvoller.

Nach ihrem Gebaren zu schließen und nach den Spielworten, die sie gelegentlich ausriefen, war es ein Whistspiel; doch nach all dem zu schließen, was Peressolin zu hören bekam, konnte man dieses Spiel weder Whist noch überhaupt ein Kartenspiel nennen. Es war etwas Unerhörtes, Sonderbares, Geheimnisvolles... In den Beamten erkannte Peressolin die Herren Serafim Swisdulin, Stepan Kulakewitsch, Jeremej Njedojechow und Iwan Pissulin.

«Was spielst du denn da aus, du holländischer Teu-

ландский, — рассердился Звиздулин, с остервенением глядя на своего партнёра vis-à-vis. — Разве так можно ходить? У меня на руках был Дорофеев сам-друг, Шепелёв с женой да Стёпка Ерлаков, а ты ходишь с Кофейкина. Вот мы и без двух! А тебе бы, садовая голова, с Поганкина ходить!

— Ну, и что ж тогда б вышло? — окрысился партнёр. — Я пошёл бы с Поганкина, а у Ивана Андреича Пересолин на руках.

«Мою фамилию к чему-то приплели... — пожал плечами Пересолин. — Не понимаю!»

Писулин сдал снова, и чиновники продолжали:

— Государственный банк...

— Два — казённая палата...

— Без козыря...

— Ты без козыря?? Гм!.. Губернское правленье — два... Погибать так погибать, шут возьми! Тот раз на народном просвещении без одной остался, сейчас на губернском правлении нарвусь. Плевать!

— Маленький шлем на народном просвещении!

— Не понимаю! — прошептал Пересолин.

— Хожу со статского... Бросай, Ва-

fel», rief Swisdulin ärgerlich und sah wütend seinen ihm gegenübersitzenden Partner an. «Kann man denn so spielen?

Ich hatte doch in meiner Hand Dorofejew mal zwei, Schepeljow nebst Frau und Stjopka Jerlakow, du aber spielst Kofejkin aus. So haben wir doch zwei verloren! Du Krautkopf hättest Pogankin ausspielen müssen!»

«Nun, und was wäre dabei herausgekommen?» antwortete sein Partner bissig. «Ich hätte schon Pogankin ausspielen können, aber Iwan Andrejitsch hatte doch den Peressolin in der Hand.»

«Wozu haben sie meinen Namen hereingezogen?» dachte Peressolin achselzuckend. «Ich verstehe das nicht!»

Pissulin gab aufs neue Karten und die Beamten fuhren fort:

«Staatsbank...»

«Zwei — Finanzamt...»

«Ohne Trumpf...»

«Du willst ohne Trumpf spielen? Hm!... Gouvernementsregierung — zwei... Nobel geht die Welt zugrunde, hol's der Schelm!

Das vorige Mal habe ich mit der Volksaufklärung eins verloren, jetzt werde ich mit der Gouvernementsregierung hereinfallen! Ich spuck drauf!»

«Klein-Schlemm mit der Volksaufklärung!»

«Das verstehe ich nicht», flüstere Peressolin vor sich hin.

«Ich spiele einen Staatsrat aus... Wanja, wirf

ня, какого-нибудь титуляшку или губернского.

— Зачем нам титуляшку? Мы и Пересолиным хватим...

— А мы твоего Пересолина по зубам ... У нас Рыбников есть. Быть вам без трёх! Показывайте Пересолиху! Нечего вам её, каналью, за обшлаг прятать!

«Мою жену затрогали... — подумал Пересолин. — Не понимаю».

И, не желая долее оставаться в недоумении, Пересолин открыл дверь и вошёл в дежурную. Если бы перед чиновниками явился сам чёрт с рогами и с хвостом, то он не удивил бы и не испугал так, как испугал и удивил их начальник. Явись перед ними умерший в прошлом году экзекутор, проговори он им гробовым голосом: «Идите за мной, ангелы, в место, уготованное канальям», и дыхни он на них холодом могилы, они не побледнели бы так, как побледнели, узнав Пересолина. У Недоёхова от перепугу даже кровь из носа пошла, а у Кулакевича забарабанило в правом ухе и сам собою развязался галстук. Чиновники побросали карты, медленно поднялись и, переглянувшись, устремили свои взоры на пол. Минуту в дежурной царила тишина...

— Хорошо же вы отчёт перепи́сы-

irgendeinen Titularrat oder einen Gouvernements-
beamten dazu.»

«Wozu einen Titularrat? Wir können auch mit
Peressolin stechen...»

«Aber wir werden deinem Peressolin eins in die
Zähne hauen... Wir haben Rybnikow. Ihr habt drei
verloren! Kommt heraus mit eurer ollen Peressoli-
na! Es nützt euch nichts, die Kanaille im Ärmel zu
verstecken!»

«Sie haben meine Frau gekränkt...» dachte Peressolin... «ich verstehe das nicht.»

Da er nun nicht länger im Zweifel bleiben wollte,
öffnete Peressolin die Tür und betrat das Dienstzimmer. Wenn der Teufel selber mit Hörnern und
Schwanz vor den Beamten erschienen wäre, hätte er
sie nicht so überrascht und erschreckt, wie ihr Chef
sie überraschte und erschreckte. Wenn ihnen der im
vorigen Jahr verstorbene Exekutor erschienen wäre
und mit Grabesstimme zu ihnen gesprochen hätte:
«Folget mir, ihr Höllengelichter, an den Ort, der für
Kanaillen bereitet ist» — und hätte sie mit der Kälte
des Grabes angehaucht, sie wären nicht so erbleicht,
wie sie jetzt erbleichten, als sie Peressolin erkannten.
Njedojechow bekam vor Schreck sogar Nasenbluten,
und Kulakewitsch hörte ein Trommeln im rechten
Ohr und seine Krawatte ging von selber auf. Die
Beamten warfen ihre Karten hin, erhoben sich
langsam, sahen sich gegenseitig an und hefteten
dann ihre Blicke auf den Fußboden. Eine Minute
lang herrschte im Dienstzimmer Schweigen...

«Schön schreibt ihr mir den Rechenschaftsbericht

ваете! — начал Пересолин. — Теперь понятно, почему вы так любите с отчётом возиться... Что вы сейчас делали?..

— Мы только на минутку, вашество... — прошептал Звиздулин. — Карточки рассматривали... Отдыхали...

Пересолин подошёл к столу и медленно пожал плечами. На столе лежали не карты, а фотографические карточки обыкновенного формата, снятые с картона и наклеенные на игральные карты. Карточек было много. Рассматривая их, Пересолин увидел себя, свою жену, много своих подчинённых, знакомых...

— Какая чепуха!.. Как же вы это играете?

— Это не мы, ваше-ство, выдумали... Сохрани бог... Это мы только пример взяли...

— Объясни-ка, Звиздулин! Как вы играли? Я всё видел и слышал, как вы меня Рыбниковым били... Ну, чего мнёшься? Ведь я тебя не ем? Рассказывай!

Звиздулин долго стеснялся и трусил. Наконец, когда Пересолин стал сердиться, фыркать и краснеть от нетерпения, он послушался. Собрав карточки и перетасовав, он разложил их по столу и начал объяснять:

— Каждый портрет, ваше-ство, как и каждая карта, свою суть имеет... значе-

ab!» begann Peressolin. «Jetzt verstehe ich, warum ihr euch gerne so lange mit dem Bericht abgebt... Was habt ihr da eben gemacht?...»

«Wir haben nur auf ein Minutchen, Eure-xlenz...» flüsterte Swisdulin, «haben Bilderchen betrachtet... ausgeruht...»

Peressolin trat an den Tisch heran und zog langsam die Schultern hoch. Auf dem Tisch lagen keine Spielkarten, sondern Fotografien im üblichen Format, die von ihren Kartons abgelöst und auf Spielkarten geklebt waren. Es waren eine Menge Bilder. Peressolin betrachtete sie und erkannte sich selbst und seine Frau und viele seiner Untergebenen und Bekannten...

«Was für ein Unsinn... Wie spielt ihr denn das überhaupt?»

«Das haben nicht wir, Eure-xlenz, ausgedacht... Gott bewahre... Wir haben uns nur nach einem Beispiel gerichtet...»

«Also, erkläre mal, Swisdulin! Wie habt ihr gespielt? Ich habe alles gesehen und gehört, wie ihr mich mit Rybnikow gestochen habt... Nun, was zögerst du? Ich fress dich ja nicht! Erzähle!»

Lange zauderte Swisdulin verlegen und fürchtete sich. Endlich, als Peressolin begann, sich zu ärgern und vor Ungeduld zu schnauben und rot anzulaufen, gehorchte er. Er sammelte die Karten, mischte sie, breitete sie auf dem Tisch aus und fing an zu erklären:

«Jedes Bild, Eure-xlenz, hat, wie jede Karte, sozusagen einen eigenen Sinn... eine Bedeutung. Ganz

ние. Как и в колоде, так и здесь пятьдесят две карты и четыре масти ... Чиновники казённой палаты — черви, губернское правление — трефы, служащие по министерству народного просвещения — бубны, а пиками будет отделение государственного банка. Ну-с... Действительные статские советники у нас тузы, статские советники — короли, супруги особ четвёртого и пятого класса — дамы, коллежские советники — валеты, надворные советники — десятки, и так далее. Я, например, — вот моя карточка, — тройка, так как, будучи губернский секретарь...

— Ишь ты ... Я, стало быть, туз?

— Трефовый-с, а её превосходительство — дама-с ...

— Гм! Это оригинально ... А ну-ка, давайте сыграем! Посмотрю ...

Пересолин снял пальто и, недоверчиво улыбаясь, сел за стол. Чиновники тоже сели по его приказанию, и игра началась...

Сторож Назар, пришедший в семь часов утра мести дежурную комнату, был поражён. Картина, которую увидел он, войдя со щёткой, была так поразительна, что он помнит её теперь даже тогда, когда, напившись пьян, лежит в беспамятстве. Пересолин, бледный, сонный и непричёсанный, стоял перед Недоеховым и, держа его за пуговицу, говорил:

wie im Kartenspiel, so gibt es auch hier zweiundfünfzig Karten und vier Farben... Die Beamten des Finanzamtes sind Coeur, die Gouvernementsregierung ist Treff, die Angestellten im Ministerium der Volksaufklärung sind Karo, und Pique ist die Abteilung der Staatsbank.

Nun... die Wirklichen Staatsräte sind bei uns Asse, die Staatsräte Könige, die Gattinen der Beamten vierten und fünften Ranges sind die Damen, Kollegienräte sind Buben, Hofräte sind Zehner, und so weiter. Ich, zum Beispiel — hier ist mein Bild — ich bin eine Drei, da ich, als Gourvernementssekretär...»

«Schau einer an... Ich bin also ein Ass?»

«Treff-Ass, und Ihre Exzellenz ist die Treff-Dame...»

«Hm... das ist originell... na dann los, spielen wir mal! Das will ich sehen...»

Peressolin legte den Mantel ab und setzte sich, ungläubig lächelnd, an den Tisch. Auf seinen Wunsch setzten sich auch die Beamten, und das Spiel begann...

Der Wächter Nasar, der um sieben Uhr morgens kam, um das Dienstzimmer auszufegen, war höchst erstaunt. Das Bild, das er sah, als er mit dem Besen hereinkam, war so unglaublich, daß er sich heute noch daran erinnert, selbst wenn er betrunken ist und bewußtlos daliegt.

Blaß, verschlafen und ungekämmt stand Peressolin vor Njedojechow und sprach, indem er ihn an einem Knopf festhielt:

— Пойми же, что ты не мог с Шепе-
лёва ходить, если знал, что у меня на
руках я сам-четвёрт. У Звиздулина Рыбников с женой, три учителя гимназии
да моя жена, у Недоехова банковцы и
три маленьких из губернской управы.
Тебе бы нужно было с Крышкина ходить! Ты не гляди, что они с казённой
палаты ходят! Они себе на уме!

— Я, ваше-ство, пошёл с титуляр-
ного, потому, думал, что у них действительный.

— Ах, голубчик, да ведь так нельзя
думать! Это не игра! Так играют одни
только сапожники. Ты рассуждай!..
Когда Кулакевич пошёл с надворного
губернского правления, ты должен был
бросить Ивана Ивановича Гренландско-
го, потому что знал, что у него Наталья
Дмитриевна сам-третей с Егор Егоры-
чем... Ты всё испортил! Я тебе сейчас
докажу. Садитесь, господа, ещё один ро-
бер сыграем!

И, уславши удивлённого Назара, чиновники уселись и продолжали игру.

«So versteh doch, daß du nicht Schepeljow ausspielen durftest, wenn du wußtest, daß ich mich selber in vierter Hand hatte. Swisdulin hatte Rybnikow mit Frau, drei Gymnasiallehrer und meine Frau, Njedojechow hatte die Bankleute und drei kleinere aus der Gouvernementsregierung. Du hättest Kryschkin ausspielen sollen! Was ging es dich an, daß sie mit dem Finanzamt anfingen! Sie hatten ihren eigenen Plan...!»

«Eure-xlenz, ich habe den Titularrat ausgespielt, weil ich dachte, die anderen hätten einen Staatsrat.»

«Ach, mein Täubchen, aber so darf man doch nicht denken! Das ist kein Spiel! So spielen nur Schuster. Überleg einmal!... Als Kulakewitsch mit dem Hofrat von der Gouvernementsregierung begann, hättest du Iwan Iwanowitsch Grenlandskij abwerfen müssen, denn du wußtest doch, daß er Natalja Dmitrijewna und Jegor Jegorytsch in dritter Hand hatte... Du hast alles verdorben! Das werde ich dir gleich beweisen. Setzen Sie sich, meine Herren, wir spielen noch einen Rubber!»

Nachdem sie den erstaunten Nasar fortgeschickt hatten, nahmen die Beamten wieder Platz und spielten weiter.

Был полдень. Помещик Волдырев, высокий, плотный мужчина с стриженой головой и с глазами навыкате, снял пальто, вытер шёлковым платком лоб и несмело вошёл в присутствие. Там скрипели...

— Где здесь я могу навести справку? — обратился он к швейцару, который нёс из глубины присутствия поднос со стаканами. — Мне нужно тут справиться и взять копию с журнального постановления.

— Пожалуйте туда-с! Вот к энтому, что около окна сидит! — сказал швейцар, указав подносом на крайнее окно.

Волдырев кашлянул и направился к окну. Там за зелёным, пятнистым, как

Es war Mittag. Der Gutsbesitzer Woldyrjew, ein hochgewachsener, stämmiger Mann mit kurz geschorenem Kopf und hervortretenden Augen, legte seinen Mantel ab, trocknete sich die Stirn mit einem seidenen Taschentuch und betrat schüchtern die Amtsstube. Dort kratzten die Federn.

«Wo kann ich hier eine Auskunft bekommen?» wandte er sich an den Portier, der aus dem Hintergrund des Amtszimmers ein Tablett mit Gläsern herbeitrug. «Ich möchte hier eine Auskunft und die Abschrift einer Aktennotiz erhalten.»

«Belieben Sie dorthin! Zu dem dortigen, wo am Fenster sitzt!» sagte der Portier und wies mit dem Tablett auf das letzte Fenster.

Woldyrjew hüstelte und begab sich zum Fenster. Dort saß an einem grünen, mit Flecken wie vom

тиф, столом сидел молодой человек с четырьмя хохлами на голове, длинным угреватым носом и в полиняном мундире. Уткнув свой большой нос в бумаги, он писал. Около правой ноздри его гуляла муха, и он то и дело вытягивал нижнюю губу и дул себе под нос, что придавало его лицу крайне озабоченное выражение.

Могу ли я здесь... у вас, — обратился к нему Волдырев, — навести справку о моём деле? Я Волдырев... И кстати же мне нужно взять копию с журнального постановления от второго марта.

Чиновник умокнул перо в чернильницу и поглядел, не много ли он набрал? Убедившись, что перо не капнет, он заскрипел. Губа его вытянулась, но дуть уже не нужно было: муха села на ухо.

— Могу ли я навести здесь справку? — повторил через минуту Волдырев. — Я Волдырев, землевладелец...

— Иван Алексеич! — крикнул чиновник в воздух, как бы не замечая Волдырева. — Скажешь купцу Яликову, когда придёт, чтобы копию с заявления в полиции засвидетельствовал! Тысячу раз говорил ему!

— Я относительно тяжбы моей с наследниками княгини Гугулиной, — про-

Typhus bedeckten Tisch ein junger Mann mit vier Haarwirbeln auf dem Kopf und einer langen pickeligen Nase, in einer verblichenen Uniform. Seine große Nase in die Papiere versenkt, war er mit Schreiben beschäftigt. Um sein rechtes Nasenloch spazierte eine Fliege, und er schob immer wieder die Unterlippe vor und blies sich unter die Nase, was seinem Gesicht einen äußerst besorgten Ausdruck verlieh.

«Könnte ich wohl hier... bei Ihnen», so wandte sich Woldyrjew an ihn, «eine Auskunft in meiner Sache erhalten? Ich heiße Woldyrjew... Und überdies möchte ich auch eine Abschrift von der Aktennotiz vom zweiten März mitnehmen.»

Der Beamte tauchte seine Feder ins Tintenfaß und musterte sie, ob er nicht zu viel Tinte genommen habe. Nachdem er sich überzeugt hatte, daß die Feder nicht tropfen werde, fing er an zu kratzen. Seine Lippe schob sich vor, doch brauchte er nicht mehr zu blasen: Die Fliege hatte sich auf sein Ohr gesetzt.

«Könnte ich hier vielleicht eine Auskunft bekommen?» wiederholte Woldyrjew nach einer Minute. «Ich bin Woldyrjew, der Gutsbesitzer...»

«Iwan Alexejitsch!» schrie der Beamte in die Luft, als bemerkte er Woldyrjew nicht. «Du sagst dem Kaufmann Jalikow, wenn er kommt, daß er die Kopie der polizeilichen Anmeldung beglaubigen lassen muß! Hab es ihm schon tausendmal gesagt!»

«Ich komme betreffs meines Prozesses mit den Erben der Fürstin Gugulina», murmelte Woldyrjew.

бормотал Волдырев. — Дело известное. Убедительно вас прошу заняться мною.

Всё не замечая Волдырева, чиновник поймал на губе муху, посмотрел на неё со вниманием и бросил. Помещик кашлянул и громко высморкался в свой клетчатый платок. Но и это не помогло. Его продолжали не слышать. Минуты две длилось молчание. Волдырев вынул из кармана рублёвую бумажку и положил её перед чиновником на раскрытую книгу. Чиновник сморщил лоб, потянул к себе книгу с озабоченным лицом и закрыл её.

— Маленькую справочку... Мне хотелось бы только узнать, на каком таком основании наследники княгини Гугулиной... Могу ли я вас побеспокоить?

А чиновник, занятый своими мыслями, встал и, почёсывая локоть, пошёл зачем-то к шкафу. Возвратившись через минуту к своему столу, он опять занялся книгой: на ней лежала рублёвка.

— Я побеспокою вас на одну только минуту... Мне справочку сделать только...

Чиновник не слышал; он стал что-то переписывать.

Волдырев поморщился и безнадёжно поглядел на всю скрипевшую братию.

«Пишут! — подумал он вздыхая. — Пишут, чтобы чёрт их взял совсем!»

«Die bekannte Angelegenheit. Ich bitte Sie dringend, sich mit mir zu befassen.»

Immer noch ohne Woldyrjew zu bemerken, fing der Beamte die Fliege auf seiner Lippe, betrachtete sie aufmerksam und warf sie fort. Der Gutsbesitzer hüstelte und schneuzte sich laut in sein kariertes Taschentuch. Aber auch das half nichts. Man fuhr fort, ihn nicht zu hören. Zwei Minuten lang dauerte das Schweigen. Woldyrjew nahm einen Rubelschein aus der Tasche und legte ihn vor den Beamten auf das offene Buch. Der Beamte runzelte die Stirn, zog mit besorgtem Gesicht das Buch zu sich heran und klappte es zu.

«Eine winzig kleine Auskunft... ich möchte nur erfahren, mit welcher Begründung die Erben der Fürstin Gugulina... Darf ich Sie wohl ein wenig damit behelligen?»

Der Beamte jedoch, in seine Gedanken vertieft, stand auf, kratzte sich am Ellbogen und ging, um irgend etwas aus dem Schrank zu holen. Nach einer Minute zu seinem Tisch zurückgekehrt, befaßte er sich aufs neue mit dem Buch: auf diesem lag wieder ein Rubelschein.

«Ich werde Sie nur eine Minute behelligen... Ich brauche nur eine kleine Auskunft...»

Der Beamte hörte nicht; er begann etwas abzuschreiben.

Woldyrjew runzelte die Stirn und blickte hoffnungslos auf die ganze federkratzende Bruderschaft.

«Die schreiben!» dachte er seufzend. «Die schreiben. Daß sie doch allesamt der Teufel hole!»

Он отошёл от стола и остановился среди комнаты, безнадёжно опустив руки. Швейцар, опять проходивший со стаканами, заметил, вероятно, беспомощное выражение на его лице, потому что подошёл к нему совсем близко и спросил тихо:

— Ну, что? Справлялись?

— Справлялся, но со мной говорить не хотят.

— А вы дайте ему три рубля... — шепнул швейцар.

— Я уже дал два.

— А вы ещё дайте.

Волдырев вернулся к столу и положил на раскрытую книгу зелёную бумажку.

Чиновник снова потянул к себе книгу и занялся перелистыванием, и вдруг, как бы нечаянно, поднял глаза на Волдырева. Нос его залоснился, покраснел и поморщился улыбкой.

— Ах... что вам угодно? — спросил он.

— Я хотел бы навести справку относительно моего дела... Я Волдырев.

— Очень приятно-с! По гугулинскому делу-с? Очень хорошо-с! Так вам что же, собственно говоря?

Волдырев изложил ему свою просьбу.

Чиновник ожил, точно его подхватил вихрь. Он дал справку, распорядился, чтобы написали копию, подал прося́ще-

Er trat vom Tisch zurück, blieb mitten im Zimmer stehen und ließ die Arme hoffnungslos sinken. Der Portier, der wieder mit Gläsern vorüberkam, bemerkte offenbar den hilflosen Ausdruck auf seinem Gesicht, denn er trat ganz nah an ihn heran und fragte leise:

«Nun was? Haben Sie die Auskunft erhalten?»

«Ich habe um Auskunft gebeten, aber man will mit mir nicht sprechen.»

«So geben Sie ihm doch drei Rubel...» flüsterte der Portier.

«Ich habe schon zwei gegeben.»

«Na, so geben Sie noch dazu.»

Woldyrjew kehrte zum Tisch zurück und legte auf das geöffnete Buch einen grünen Schein.

Der Beamte zog aufs neue das Buch heran und begann darin zu blättern, und plötzlich, wie zufällig, hob er die Augen zu Woldyrjew. Seine Nase begann zu glänzen, lief rot an und wurde von einem Lächeln gekraust.

«Ach... was steht zu Diensten?» fragte er.

«Ich wollte nur eine Auskunft in meiner Angelegenheit einholen... Ich bin Woldyrjew.»

«Sehr angenehm! In der Gugulinschen Angelegenheit? Sehr gut! Und was wünschen Sie zu wissen, um genau zu sein?»

Woldyrjew trug ihm seine Bitte vor.

Leben kam in den Beamten, als hätte ihn ein Wirbelwind erfaßt. Er gab die Auskunft, ordnete an, daß eine Abschrift angefertigt werde, er rückte dem

му стул — и всё это в одно мгновение. Он даже поговорил о погоде и спросил насчёт урожая. И когда Волдырев уходил, он провожал его вниз по лестнице, приветливо и почтительно улыбаясь и делая вид, что он каждую минуту готов перед просителем пасть ниц. Волдыреву почему-то стало неловко, и, повинуясь какому-то внутреннему влечению, он достал из кармана рублёвку и подал её чиновнику. А тот всё кланялся и улыбался, и принял рублёвку, как фокусник, так что она только промелькнула в воздухе.

«Ну, люди...» — подумал помещик, выйдя на улицу, остановился и вытер лоб платком.

Bittsteller einen Stuhl heran — alles in einem Augenblick. Er begann sogar vom Wetter zu sprechen und fragte nach der Ernte. Und als Woldyrjew fortging, begleitete er ihn die Treppe hinunter, wobei er freundlich und ehrerbietig lächelte und sich den Anschein gab, als ob er jeden Augenblick bereit wäre, vor dem Bittsteller niederzufallen.

Woldyrjew war es irgendwie peinlich, und er zog, einer inneren Regung folgend, einen Rubelschein aus der Tasche und reichte ihn dem Beamten. Und der verneigte sich, immerzu lächelnd, und nahm das Rubelscheinchen wie ein Zauberkünstler in Empfang, so daß es nur so durch die Luft huschte...

«Na ja, die Menschen!...» dachte der Gutsbesitzer bei sich, als er auf die Straße trat. Er blieb stehen und wischte sich die Stirn mit dem Taschentuch.

Тайна
Das Rätsel

Вечером первого дня пасхи действительный статский советник Навагин, вернувшись с визитов, взял в передней лист, на котором расписывались визитёры, и вместе с ним пошёл к себе в кабинет. Разоблачившись и выпив сельтерской, он уселся поудобней на кушетке и стал читать подписи на листе. Когда его взгляд достиг до середины длинного ряда подписей, он вздрогнул, удивлённо фыркнул и, изобразив на лице своём крайнее изумление, щёлкнул пальцами.

— Опять! — сказал он, хлопнув себя по колену. — Это удивительно! Опять! Опять расписался этот, чёрт его знает, кто он такой, Федюков! Опять!

Am Abend des ersten Ostertages nahm der Wirkliche Staatsrat Nawagin, von seinen Visiten zurückgekehrt, im Vorzimmer die Liste zur Hand auf der sich die Besucher eingeschrieben hatten, und ging mit ihr in sein Kabinett. Nachdem er abgelegt und etwas Selterswasser getrunken hatte, setzte er sich recht bequem auf die kleine Couch und begann die Unterschriften auf dem Blatt zu lesen. Als sein Blick in der Mitte der langen Unterschriftenreihe angelangt war, zuckte er zusammen, fauchte erstaunt und schnippte mit den Fingern, wobei sich äußerste Überraschung auf seinem Gesicht ausdrückte.

«Schon wieder!» sagte er und schlug sich aufs Knie. «Das ist verwunderlich! Schon wieder! Schon wieder hat sich der da eingeschrieben, weiß der Teufel, wer das ist, dieser Fedjukow! Schon wieder!»

Среди многочисленных подписей находилась на листе подпись какого-то Федюкова. Что за птица этот Федюков, — Навагин решительно не знал. Он перебрал в памяти всех своих знакомых, родственников и подчинённых, припоминал своё отдалённое прошлое, но никак не мог вспомнить ничего даже похожего на Федюкова. Страннее же всего было то, что этот incognito Федюков в последние тринадцать лет аккуратно расписывался каждое рождество и пасху. Кто он, откуда и каков он из себя, — не знали ни Навагин, ни его жена, ни швейцар.

— Удивительно! — изумлялся Навагин, шагая по кабинету. — Странно и непонятно! Какая-то каббалистика! Позвать сюда швейцара! — крикнул он. — Чертовски странно! Нет, я всё-таки узнаю, кто он! Послушай, Григорий, — обратился он к вошедшему швейцару, — опять расписался этот Федюков! Ты видел его?

— Никак нет...

— Помилуй, да ведь он же расписался! Значит, он был в передней? Был?

— Никак нет, не был.

— Как же он мог расписаться, если он не был?

— Не могу знать.

Unter den vielen Namenszügen auf dem Papier befand sich die Unterschrift eines gewissen Fedjukow. Aber was für ein Vogel dieser Fedjukow war — das wußte Nawagin keineswegs. Er nahm im Geiste alle seine Bekannten, seine Verwandten und seine Untergebenen durch, er rief sich seine fernste Vergangenheit ins Gedächtnis zurück, doch auf keine Weise vermochte er sich an etwas zu erinnern, das diesem Fedjukow irgendwie ähnlich war. Das allersonderbarste war, daß dieser Inkognito-Fedjukow während der letzten dreizehn Jahre sich pünktlich zu Weihnachten und zu Ostern eingetragen hatte. Wer er war, von wo, und was er eigentlich vorstellte, das wußten weder Nawagin noch seine Frau noch der Portier.

«Erstaunlich!» — wunderte sich Nawagin, während er in seinem Kabinett auf und ab ging. «Seltsam und unverständlich! Die reine Kabbalistik! Man rufe den Portier!» befahl er. «Teuflisch sonderbar! Nein, ich werde schon in Erfahrung bringen, wer es ist! Hör mal, Grigorij», so wandte er sich an den eintretenden Portier, «da hat sich schon wieder dieser Fedjukow eingetragen! Hast du ihn gesehen?»

«Zu Befehl, nein...»

«Aber ich bitte dich, wo er sich doch eingetragen hat! Also war er im Vorzimmer? War er?»

«Zu Befehl nein, er war nicht.»

«Wie konnte er sich dann eintragen, wenn er nicht da war?»

«Kann ich nicht wissen.»

— Кому́ же знать? Ты зева́ешь там в пере́дней! Припо́мни-ка, мо́жет быть, входи́л кто-нибудь незнако́мый! Поду́май!

— Нет, ва́шество, незнако́мых никого́ не́ было. Чино́вники на́ши бы́ли, к её превосходи́тельству бароне́сса приезжа́ла, свяще́нники с кресто́м приходи́ли, а бо́льше никого́ не́ было...

— Что ж, он невиди́мкой расписа́лся, что ли?

— Не могу́ знать, но то́лько Федюко́ва никако́го не́ было. Э́то я хоть пе́ред о́бразом...

— Стра́нно! Непоня́тно! Уди-ви́-тельно! — заду́мался Нава́гин. — Э́то да́же смешно́. Челове́к распи́сывается уже́ трина́дцать лет, и ты ника́к не мо́жешь узна́ть, кто он. Мо́жет быть, э́то чья́-нибудь шу́тка? Мо́жет быть, како́й-нибудь чино́вник вме́сте со свое́й фами́лией подпи́сывает, ра́ди курьёза, и э́того Федюко́ва?

И Нава́гин стал рассма́тривать по́дпись Федюко́ва.

Размаши́стая, залихва́тская по́дпись на стари́нный мане́р, с завиту́шками и закорю́чками, по по́черку совсе́м не походи́ла на остальны́е по́дписи. Находи́лась она́ то́тчас же под по́дписью губе́рнского секретаря́ Шту́чкина, запу́ганного и малоду́шного челове́ка, кото-

«Wer soll es denn sonst wissen? Du hältst wohl Maulaffen feil, da im Vorzimmer! Denk mal nach, vielleicht ist ein Unbekannter gekommen! Überleg mal!»

«Nein, Eure-xlenz, von Unbekannten war niemand da. Dagewesen sind unsere Beamten, zu Ihrer Exzellenz kam die Baronesse, die Geistlichen mit dem Kreuz sind gekommen, aber sonst war niemand da.»

«Was denn, hat er sich denn unsichtbar eingetragen, oder wie?»

«Kann ich nicht wissen, aber Fedjukow ist keiner dagewesen. Das könnte ich geradezu vor dem Heiligenbild...»

«Sonderbar! Unverständlich! Er-staun-lich!» Nawagin verfiel in Nachdenken. «Das ist geradezu lachhaft. Seit dreizehn Jahren schreibt sich da ein Mensch ein, und man kann auf keine Weise herausbekommen, wer er ist.

Vielleicht macht jemand nur einen Scherz? Vielleicht schreibt ein Beamter gleichzeitig mit seinem eigenen Namen spaßeshalber auch diesen Fedjukow ein?

Und aufs neue begann Nawagin Fedjukows Unterschrift zu prüfen.

Der schwungvolle, verwegene Namenszug, nach alter Manier mit Schnörkeln und Häkchen, ähnelte in der Handschrift keineswegs den anderen Unterschriften.

Er befand sich unmittelbar unter der Unterschrift des Gouvernementsekretärs Schtutschkin, eines verschreckten und kleinmütigen Menschen,

рый наверное умер бы с перепуга, если бы позволил себе такую дерзкую шутку.

— Опять таинственный Федюков расписался! — сказал Навагин, входя к жене. — Опять я не добился, кто это такой!

M-me Навагина была спириткой, а потому все понятные и непонятные явления в природе объясняла очень просто.

— Ничего тут нет удивительного, — сказала она. — Ты вот не веришь, а я говорила и говорю: в природе очень много сверхъестественного, чего никогда не постигнет наш слабый ум! Я уверена, что этот Федюков — дух, который тебе симпатизирует... На твоём месте я вызвала бы его и спросила, что ему нужно.

— Вздор, вздор!

Навагин был свободен от предрассудков, но занимавшее его явление было так таинственно, что поневоле в его голову полезла всякая чертовщина. Весь вечер он думал о том, что incognito-Федюков есть дух какого-нибудь давно умершего чиновника, прогнанного со службы предками Навагина, а теперь мстящего потомку; быть может, это родственник какого-нибудь канцеляриста, уволенного самим Навагиным, или девицы, соблазнённой им...

Всю ночь Навагину снился старый, тощий чиновник в потёртом вицмунди-

der sicherlich vor Angst gestorben wäre, wenn er sich einen so dreisten Scherz erlaubt hätte.

«Schon wieder hat sich der rätselhafte Fedjukow eingetragen!» berichtete Nawagin, als er bei seiner Frau eintrat. «Und schon wieder habe ich nicht herausbringen können, wer das ist!»

Madame Nawagina war Spiritistin und erklärte deswegen alle verständlichen und unverständlichen Naturerscheinungen sehr einfach.

«Nichts Verwunderliches ist dabei», sagte sie. «Du glaubst es ja nicht, ich aber sagte und sage immer: es gibt in der Natur sehr viel Irreales, was unser schwacher Verstand nie begreifen wird! Ich bin überzeugt, dieser Fedjukow ist ein Geist, der mit dir sympathisiert... An deiner Stelle würde ich ihn herbeizitieren und fragen, was er will.»

«Unsinn, Unsinn!»

Nawagin war frei von Vorurteilen, aber diese Erscheinung, die ihn beschäftigte, war so geheimnisvoll, daß ihm unwillkürlich allerlei Teufelskram in den Kopf kam. Den ganzen Abend lang überlegte er, ob dieser Inkognito-Fedjukow nicht der Geist eines längst verstorbenen Beamten sei,

der, von den Vorfahren Nawagins aus dem Dienst gejagt, sich jetzt an deren Nachkommen rächte; möglicherweise konnte er auch ein Verwandter irgendeines Kanzleiangestellten sein, den Nawagin selbst entlassen, oder eines Mädchens, das er verführt hatte...

Die ganze Nacht lang träumte Nawagin von einem alten hageren Beamten in abgeschabter Dienst-

ре, с жёлто-лимонным лицом, щетинистыми волосами и оловянными глазами; чиновник говорил что-то могильным голосом и грозил костлявым пальцем.

У Навагина едва не сделалось воспаление мозга. Две недели он молчал, хмурился и всё ходил да думал. В конце концов он поборол своё скептическое самолюбие и, войдя к жене, сказал глухо:

— Зина, вызови Федюкова!

Спиритка обрадовалась, велела принести картонный лист и блюдечко, посадила рядом с собой мужа и стала священнодействовать. Федюков не заставил долго ждать себя...

— Что тебе нужно? — спросил Навагин.

— Кайся... — ответило блюдечко.

— Кем ты был на земле?

— Заблуждающийся...

— Вот видишь! — шепнула жена. — А ты не верил!

Навагин долго беседовал с Федюковым, потом вызывал Наполеона, Ганнибала, Аскоченского, свою тётку Клавдию Захаровну, и все они давали ему короткие, но верные и полные глубокого смысла ответы. Возился он с блюдечком часа четыре и уснул успокоенный, счастливый, что познакомился с новым для него, таинственным миром. После этого он каждый день занимался

uniform mit zitronengelbem Gesicht, borstigem Haar und Augen wie aus Zinn; der Beamte sprach mit Grabesstimme und drohte mit knöchernem Finger.

Fast wäre es bei Nawagin zu einer Gehirnentzündung gekommen. Zwei Wochen hindurch schwieg er, sah finster drein und ging in Gedanken versunken umher. Doch am Ende besiegte er seine skeptische Eigenliebe, trat bei seiner Frau ein und sagte mit dumpfer Stimme:

«Sina, zitier den Fedjukow herbei!»

Die Spiritistin war erfreut; sie befahl, ihr ein Blatt Kartonpapier zu bringen und ein Schüsselchen; sie ließ ihren Mann sich neben sie setzen und begann die Riten zu zelebrieren. Und Fedjukow ließ nicht lange auf sich warten...

«Was willst du?» fragte Nawagin.

«Tu Buße...» entgegnete das Schüsselchen.

«Wer warst du auf dieser Erde?»

«Ein Verirrter...»

«Da siehst du», flüsterte die Gattin. «Und du wolltest es nicht glauben.»

Lange unterhielt sich Nawagin mit Fedjukow, und dann rief er noch Napoleon, Hannibal, Askotschenskij und seine Tante Klaudia Sacharowna herbei, und sie alle gaben ihm kurze, aber unbezweifelbare Antworten voll tiefen Sinnes.

Nawagin beschäftigte sich ungefähr vier Stunden lang mit dem Schüsselchen und schlief dann beruhigt ein, glücklich darüber, daß er eine ihm neue, rätselhafte Welt kennen gelernt hatte. Danach befaßte er sich jeden Tag

спиритизмом и в присутствии объяснял чиновникам, что в природе вообще очень много сверхъестественного, чудесного, на что нашим учёным давно бы следовало обратить внимание. Гипнотизм, медиумизм, бишопизм, спиритизм, четвёртое измерение и прочие туманы овладели им совершенно, так что по целым дням он, к великому удовольствию своей супруги, читал спиритические книги или же занимался блюдечком, столоверчениями и толкованиями сверхъестественных явлений. С его лёгкой руки занялись спиритизмом и все его подчинённые, да так усердно, что старый экзекутор сошёл с ума и послал однажды с курьером такую телеграмму: «В ад, казённая палата. Чувствую, что обращаюсь в нечистого духа. Что делать? Ответ уплачен. Василий Кринолинский».

Прочитав не одну сотню спиритических брошюр, Навагин почувствовал сильное желание самому написать что-нибудь. Пять месяцев он сидел и сочинял и в конце концов написал громадный реферат под заглавием: «И моё мнение». Кончив эту статью, он порешил отправить её в спиритический журнал.

День, в который предположено было отправить статью, ему очень памятен. Навагин помнит, что в этот незабвен-

mit Spiritismus, und er erklärte sogar den Beamten in seiner Dienststelle, daß es in der Natur überhaupt sehr viel Irreales, Wunderbares gebe, auf das unsere Gelehrten schon längst ihre Aufmerksamkeit hätten richten sollen. Hypnotismus, Mediumismus, Bishopismus, Spiritismus, vierte Dimension und ähnliche Nebel bemächtigten sich seiner so völlig, daß er ganze Tage lang zur großen Freude seiner Gattin entweder spiritistische Bücher las oder sich mit dem Schüsselchen beschäftigte, mit Tischrücken und dem Deuten übernatürlicher Erscheinungen.

Nachdem Nawagin den Anfang gemacht hatte, beschäftigten sich auch alle seine Untergebenen mit Spiritismus, und zwar so eifrig, daß ein alter Exekutor dabei den Verstand verlor und einmal durch den Kurier folgendes Telegramm bestellen ließ: «An die Hölle, Finanzamt. Fühle, daß ich mich in unsauberen Geist verwandle. Was tun? Rückantwort bezahlt. Wassilij Krinolinskij.»

Nachdem Nawagin mehrere hundert spiritistischer Broschüren gelesen hatte, empfand er den starken Wunsch, selber etwas zu schreiben. Fünf Monate saß er daran und schriftstellerte, und schließlich hatte er ein gewaltiges Referat unter dem Titel «Meine Meinung» zusammengeschrieben. Als er den Artikel beendet hatte, beschloß er, ihn einer spiritistischen Zeitschrift einzusenden.

Der Tag, an dem beabsichtigt war, den Artikel abzusenden, ist ihm fest im Gedächtnis geblieben. Nawagin erinnert sich, daß an diesem unvergeßlichen

ный день у него в кабинете находились секретарь, переписывавший набело статью, и дьячок местного прихода, позванный по делу. Лицо Навагина сияло. Он любовно оглядел своё детище, потрогал меж пальцами, какое оно толстое, счастливо улыбнулся и сказал секретарю:

— Я полагаю, Филипп Сергеич, заказным отправить. Этак вернее. — И, подняв глаза на дьячка, он сказал: — Вас я велел позвать по делу, любезный. Я отдаю младшего сына в гимназию, и мне нужно метрическое свидетельство, только нельзя ли поскорее.

— Очень хорошо-с, ваше превосходительство! — сказал дьячок, кланяясь. — Очень хорошо-с. Понимаю-с ...

— Нельзя ли к завтрему приготовить?

— Хорошо-с, ваше превосходительство, будьте покойны-с! Завтра же будет готово! Извольте завтра прислать кого-нибудь в церковь перед вечерней. Я там буду. Прикажите спросить Федюкова, я всегда там ...

— Как?! — крикнул генерал бледнея.

— Федюкова-с.

— Вы ... вы Федюков? — спросил Навагин, тараща на него глаза.

— Точно так, Федюков.

— Вы ... вы расписывались у меня в передней?

Tage sich in seinem Kabinett sein Sekretär befand, der den Artikel sauber abgeschrieben hatte, sowie ein Küster des Sprengels, der aus geschäftlichen Gründen hinbestellt worden war. Nawagins Gesicht strahlte. Liebevoll betrachtete er sein Kind, fühlte zwischen den Fingern, wie dick es war, lächelte glücklich und sprach zu seinem Sekretär:

«Ich meine, Filipp Sergejitsch, wir wollen es per Einschreiben abschicken. So ist es sicherer...» Er richtete seine Augen auf den Küster und sagte: «Ich ließ Sie wegen einer geschäftlichen Angelegenheit rufen, mein Bester. Ich möchte meinen jüngsten Sohn ins Gymnasium geben, und da brauche ich die Geburtsurkunde, wenn möglich recht bald.»

«Sehr wohl, Eure Exzellenz!» sagte der Küster und verbeugte sich. «Sehr wohl! Verstehe...»

«Könnte sie vielleicht schon bis morgen vorbereitet werden?»

«Sehr wohl, Eure Exzellenz, seien Sie unbesorgt! Morgen wird sie ausgefertigt sein. Wollen Sie bitte morgen jemand vor dem Abendgottesdienst in die Kirche schicken. Dort werde ich sein. Befehlen Sie nur, daß man nach Fedjukow fragt, ich bin immer da...»

«Wie?» schrie der General erblassend.

«Nach Fedjukow.»

«Sie... Sie sind Fedjukow?» fragte Nawagin und starrte ihn mit hervorquellenden Augen an.

«Zu Befehl: Fedjukow.»

«Sie... das sind Sie, der sich in meinem Vorzimmer eingetragen hat?»

— То́чно так, — созна́лся дьячо́к и
сконфу́зился. — Я, ва́ше превосходи́-
тельство, когда́ мы с кресто́м хо́дим,
всегда́ у вельмо́жных осо́б распису́-
юсь ... Люблю́ э́то са́мое ... Как уви́жу,
извини́те, лист в пере́дней, так и тя́нет
меня́ и́мя своё записа́ть ...

В немо́м отупе́нии, ничего́ не понима́я,
не слы́ша, Нава́гин зашага́л по кабине́-
ту. Он потро́гал портье́ру у две́ри, ра́за
три взмахну́л пра́вой руко́й, как бале́т-
ный jeune premier, ви́дящий *её*, посвиста́л,
бессмы́сленно улыбну́лся, указа́л в про-
стра́нство па́льцем.

— Так я сейча́с пошлю́ статью́, ва́ше
превосходи́тельство, — сказа́л секрета́рь.

Э́ти слова́ вы́вели Нава́гина из за-
бытья́. Он ту́по огляде́л секретаря́ и
дьячка́, вспо́мнил и, раздражённо то́п-
нув ного́й, кри́кнул дребезжа́щим, высо́-
ким те́нором:

— Оста́вьте меня́ в поко́е! А-ас-та́вь-
те меня́ в поко́е, говорю́ я вам! Что вам
ну́жно от меня́, не понима́ю?

Секрета́рь и дьячо́к вы́шли из каби-
не́та и бы́ли уже́ на у́лице, а он всё ещё
то́пал нога́ми и крича́л:

— Аста́вьте меня́ в поко́е! Что вам
ну́жно от меня́, не понима́ю? А-ас-та́вь-
те меня́ в поко́е!

«Zu Befehl», gestand der Küster und wurde dabei verlegen. «Ich, Eure Exzellenz, wenn wir mit dem Kreuz kommen, dann pflege ich mich stets bei den Würdenträgern einzuschreiben... Dasselbe liebe ich nämlich. Sobald ich die Liste im Vorzimmer liegen sehe, verzeihen Sie, verlangt es mich danach, meinen Namen einzutragen...»

In stummer Verstörung, nichts begreifend, nichts hörend, schritt Nawagin in seinem Gemach auf und ab. Er berührte die Portiere an der Tür, dreimal schwenkte er die Hand wie der jeune premier im Ballett, wenn er die Dame erblickt, er pfiff, er lächelte ohne jeden Sinn und wies mit dem Finger in die Ferne.

«Dann werde ich also den Artikel gleich abschikken, Eure Exzellenz», sagte der Sekretär.

Diese Worte rissen Nawagin aus seiner Versunkenheit. Stumpf blickte er den Sekretär und den Küster an und erinnerte sich wieder; er stampfte wütend mit dem Fuß auf und schrie mit klirrender hoher Tenorstimme:

«Lassen Sie mich in Ruhe! La-as-sen Sie mich in Ruhe, sage ich Ihnen! Ich verstehe nicht, was Sie von mir wollen!»

Der Sekretär und der Küster verließen das Kabinett und waren bereits auf der Straße, Nawagin aber stampfte immer noch mit den Füßen und schrie:

«Lassen Sie mich in Ruhe! Ich verstehe nicht, was Sie von mir wollen! La-as-sen Sie mich in Ruhe!»

Хорони́ли мы ка́к-то на днях молоде́нь-
кую жену́ на́шего ста́рого почтме́йстера
Сладкопе́рцева. Закопа́вши краса́вицу,
мы, по обы́чаю де́дов и отцо́в, отпра́ви-
лись в почто́вое отделе́ние «помяну́ть».

Когда́ бы́ли по́даны блины́, стари́к-
вдове́ц го́рько запла́кал и сказа́л:

— Блины́ таки́е же румя́ненькие, как
и поко́йница. Таки́е же краса́вцы! Точь-
в-точь!

— Да, — согласи́лись помина́вшие, —
она́ у вас действи́тельно была́ краса́ви-
ца... Же́нщина пе́рвый сорт!

— Да-с... Все удивля́лись, на неё
гля́дючи... Но, господа́, люби́л я её не
за красоту́ и не за до́брый нрав. Эти два

Vor einigen Tagen haben wir die junge Frau unseres alten Postmeisters Sladkoperzew bestattet. Nachdem wir die Schöne begraben hatten, begaben wir uns nach der Großväter und der Väter Sitte ins Postbüro zur Gedenkfeier.

Als die Buchweizenpfannkuchen aufgetragen wurden, brach der alte Witwer in Tränen aus und sagte:

«Die Pfannkuchen sind genauso rotwangig wie die Verstorbene war. Genau solche Schönheiten! Ganz genau!»

«Ja» — stimmte die Trauergesellschaft ein — «sie war in der Tat eine Schönheit... eine Frau erster Klasse.»

«Jawohl... alle die sie sahen, staunten nur so... Aber, meine Herrschaften, ich liebte sie nicht ihrer Schönheit oder ihres guten Charakters wegen. Diese

качества присущественны всей женской природе и встречаются довольно часто в подлунном мире. Я её любил за иное качество души. А именно-с: любил я её, покойницу, дай бог ей царство небесное, за то, что она, при бойкости и игривости своего характера, мужу своему была верна. Она была верна мне, несмотря на то, что ей было только двадцать, а мне скоро уж шестьдесят стукнет! Она была верна мне, старику!

Дьякон, трапезовавший с нами, красноречивым мычанием и кашлем выразил своё сомнение.

— Вы не верите, стало быть? — обратился к нему вдовец.

— Не то, что не верю, — смутился дьякон, — а так... молодые жёны нынче уж слишком тово... рандеву, соус провансаль...

— Вы сомневаетесь, а я вам докажу-с! Я в ней поддерживал её верность разными способами, так сказать, стратегического свойства, вроде как бы фортификации. При моём поведении и хитром характере жена моя не могла изменить мне ни в каком случае. Я хитрость употреблял для охранения своего супружеского ложа. Слова такие знаю, вроде как бы пароль. Скажу эти самые слова и — баста, могу спать в спокойствии насчёт верности.

zwei Eigenschaften sind dem ganzen weiblichen Geschlecht angeboren, und man begegnet ihnen ziemlich häufig auf dieser Welt unter dem Monde. Ich liebte sie wegen einer anderen Eigenschaft ihrer Seele. Und zwar: ich liebte sie, die Verstorbene, Gott schenke ihr das Himmelreich, darum, weil sie trotz der Munterkeit und Verspieltheit ihres Charakters ihrem Gatten treu blieb. Sie war mir treu, ungeachtet dessen, daß sie nur zwanzig war und mir bald das sechzigste Jahr schlagen wird! Sie war treu — mir, dem Greise!»

Der Diakon, der mit uns bei Tisch saß, drückte durch ein beredtes Wiehern und Husten seine Zweifel aus.

«Sie glauben mir wohl nicht?» wandte sich der Witwer an ihn.

«Nicht, daß ich es nicht glaubte.» Der Diakon wurde verwirrt. «Es ist nur so... die jungen Frauen sind heute schon zu sehr von der Art... rendez-vouz, sauce provençale...»

«Sie zweifeln, aber ich werde es Ihnen beweisen! Ich hielt ihre Treue mit verschiedenen Mitteln aufrecht, von sozusagen strategischer Beschaffenheit, wie eine Befestigungsanlage. Infolge meines Verhaltens und meines schlauen Charakters konnte meine Frau mich auf keinen Fall betrügen. Ich gebrauchte eine List, um mein eheliches Lager rein zu halten. Ich kenne nämlich gewissen Worte, etwa in der Art einer Losung. Und wenn ich solche Worte ausspreche — dann basta, dann kann ich in Bezug auf Treue ruhig schlafen.»

— Какие же это слова?

— Самые простые. Я распространял по городу нехороший слух. Вам этот слух доподлинно известен. Я говорил всякому: «Жена моя Алёна находится в сожительстве с нашим полицеймейстером Иваном Алексеичем Залихватским». Этих слов было достаточно. Ни один человек не осмеливался ухаживать за Алёной, ибо боялся полицеймейстерского гнева. Как, бывало, увидят её, так и бегут прочь, чтоб Залихватский чего не подумал. Хе-хе-хе. Ведь с этим усатым идолом свяжись, так потом не рад будешь, пять протоколов составит насчёт санитарного состояния. К примеру, увидит твою кошку на улице и составит протокол, как будто это бродячий скот.

— Так жена ваша, значит, не жила с Иваном Алексеичем? — удивились мы протяжно.

— Нет-с, это моя хитрость... Хехе... Что, ловко надувал я вас, молодёжь? То-то вот оно и есть.

Прошло минуты три в молчании. Мы сидели и молчали, и нам было обидно и совестно, что нас так хитро провёл этот толстый, красноносый старик.

— Ну, бог даст, в другой раз женишься! — проворчал дьякон.

«Was sind denn das für Worte?»

«Die allereinfachsten. Ich verbreitete in der Stadt ein übles Gerücht. Dieses Gerücht ist Ihnen zur Genüge bekannt. Ich sagte es jedem: Aljona, meine Frau, hat ein Verhältnis mit unserem Polizeimeister Iwan Alexejewitsch Salichwatskij. — Diese wenigen Worte waren genug. Kein Mensch wagte es daraufhin, Aljona den Hof zu machen, da er den polizeimeisterlichen Zorn fürchtete.

Sobald einer, wie es vorkam, sie erblickte, lief er eiligst davon, damit Salichwatskij sich ja nicht etwas denke. He-he-he! Denn wer sich mit diesem schnauzbärtigen Götzenbild einläßt, der kann nicht mehr froh werden — gleich gibt es fünf Protokolle über den sanitären Zustand. Zum Beispiel: er sieht deine Katze auf der Straße und schon setzt er ein Protokoll auf, als handelte es sich um entlaufenes Vieh...»

«Das heißt also, Ihre Frau hatte gar kein Verhältnis mit Iwan Alexejewitsch?» — so drückten wir gedehnt unsere Verwunderung aus.

«Keineswegs, das war nur meine Schlauheit... he-he... Na, habe ich euch geschickt angeführt, ihr jungen Leute? Jawohl, so ist das also.»

Etwa drei Minuten verstrichen in Schweigen. Wir saßen da und schwiegen, und wir fühlten uns gekränkt und beschämt, weil dieser dicke rotnäsige Greis uns so schlau hereingelegt hatte.

«Na, Gott gebe, du heiratest ein zweites Mal!» knurrte der Diakon.

Дорогая собака
Der teure Hund

Поручик Дубов, уже не молодой армейский служака, и вольноопределяющийся Кнапс сидели и выпивали.

— Великолепный пёс! — говорил Дубов, показывая Кнапсу свою собаку Милку. — Заме-ча-тельная собака! Вы обратите внимание на морду! Морда одна чего стоит! Ежели на любителя наскочить, так за одну морду двести рублей дадут! Не верите? В таком случае вы ничего не понимаете...

— Я понимаю, но...

— Ведь сеттер, чистокровный английский сеттер! Стойка поразительная, а чутьё... нюх! Боже, какой нюх! Знаете, сколько я дал за Милку, когда она была

Oberleutnant Dubow, schon nicht mehr jung im Armeedienst, und der Freiwillige Knaps saßen beisammen und tranken.

«Ein großartiger Köter!» sagte Dubow und zeigte dabei Knaps seinen Hund Milka. «Ein be-merkens-werter Hund! Beachten Sie nur die Schnauze! Was allein die Schnauze wert ist!

Wenn man auf einen Liebhaber träfe — der würde allein für die Schnauze zweihundert Rubel geben! Sie glauben das nicht? Dann verstehen Sie nichts...»

«Ich verstehe schon was, aber...»

«Ist doch ein Setter, ein reinblütiger englischer Setter! Frappierend wie der am Wild vorsteht, und was für ein Spürsinn... was für eine Witterung! mein Gott, welche Witterung! Wissen Sie, wieviel

ещё щенком? Сто рублей! Дивная собака! Ше-ельма, Милка! Ду-ура, Милка! Поди сюда, поди сюда... собачечка, пёсик мой...

Дубов привлёк к себе Милку и поцеловал её между ушей. На глазах у него выступили слёзы.

— Никому тебя не отдам... красавица моя... разбойник этакий. Ведь ты любишь меня, Милка? Любишь?.. Ну, пошла вон! — крикнул вдруг поручик. — Грязными лапами прямо на мундир лезешь! Да, Кнапс, полтораста рублей дал, за щенка! Стало быть, было за что! Одно только жаль: охотиться мне некогда! Гибнет без дела собака, талант свой зарывает... Потому-то и продаю. Купите, Кнапс! Всю жизнь будете благодарны! Ну, если у вас денег мало, то извольте, я уступлю вам половину... Берите за пятьдесят! Грабьте!

— Нет, голубчик... — вздохнул Кнапс. — Будь ваша Милка мужеского пола, то, может быть, я и купил бы, а то...

— Милка не мужеского пола? — изумился поручик. — Кнапс, что с вами? Милка не мужеского... пола?! Ха-ха! Так что же она, по-вашему? Сука? Хаха... Хорош мальчик! Он ещё не умеет отличить кобеля от суки!

ich für Milka bezahlt habe, als er ein Welp war? Hundert Rubel! Ein wunderbarer Hund! Na du Schelm, Milka! Kleines Dummchen, Milka! Komm mal her, komm hierher... mein Hündchen, mein Köterchen...»

Dubow zog Milka zu sich heran und küßte ihn zwischen die Ohren. Tränen traten ihm in die Augen.

«Niemandem gebe ich dich ab... du mein Schöner... du alter Räuber. Du liebst mich doch, Milka? Liebst du mich?... Marsch fort!» schrie der Oberleutnant plötzlich. «Mit schmutzigen Pfoten kriechst du direkt auf meine Uniform! Ja, Knaps, anderthalbhundert Rubel habe ich für den Welpen gegeben! Er war es auch wert! Nur eins ist schade: ich habe keine Zeit, auf die Jagd zu gehen! Der Hund geht ein ohne Arbeit, vergräbt sein Talent... Und darum verkaufe ich ihn. Kaufen Sie ihn, Knaps! Ihr Leben lang werden Sie mir dankbar sein! Nun, wenn Ihr Geld nicht reicht, bitte, dann lasse ich Ihnen die Hälfte nach... Nehmen Sie ihn für fünfzig! Berauben Sie mich!»

«Nein, mein Täubchen...» Knaps seufzte. «Wenn Ihre Milka männlichen Geschlechts wäre, dann, möglicherweise, würde ich ihn schon kaufen, aber so...»

«Milka nicht männlichen Geschlechts?» wunderte sich der Oberleutnant. «Knaps, was ist mit Ihnen los? Milka nicht männlichen Geschlechts? Ha ha! Was ist er denn nach Ihrer Meinung? Eine Hündin? Ha ha... Netter Bursche! Weiß keinen Rüden von einer Hündin zu unterscheiden!»

— Вы мне говорите, словно я слеп или ребёнок... — обиделся Кнапс. — Конечно, сука!

— Пожалуй, вы ещё скажете, что я дама! Ах, Кнапс, Кнапс! А ещё тоже в техническом кончили! Нет, душа моя, это настоящий, чистокровный кобель! Мало того, любому кобелю десять очков вперёд даст, а вы... не мужеского пола! Ха-ха...

— Простите, Михаил Иванович, но вы... просто за дурака меня считаете... Обидно даже...

— Ну, не нужно, чёрт с вами... Не покупайте... Вам не втолкуешь! Вы скоро скажете, что у неё это не хвост, а нога... Не нужно. Вам же хотел одолжение сделать. Вахрамеев, коньяку!

Денщик подал ещё коньяку. Приятели налили себе по стакану и задумались. Прошло полчаса в молчании.

— А хоть бы и женского пола... — прервал молчание поручик, угрюмо глядя на бутылку. — Удивительное дело! Для вас же лучше. Принесёт вам щенят, а что ни щенок, то и четвертная... Всякий у вас охотно купит. Не знаю, почему это вам так нравятся кобели! Суки в тысячу раз лучше. Женский пол и признательнее и привязчивее... Ну,

«Sie sprechen mit mir, als wäre ich blind oder ein kleines Kind...» Knaps war beleidigt. «Natürlich ist sie eine Hündin!»

«Vielleicht werden Sie noch behaupten, daß ich eine Dame bin! Ach, Knaps, Knaps! Und dabei haben Sie die Technische Hochschule absolviert! Nein, mein Lieber, das ist ein echter reinblütiger Rüde! Und nicht nur das — der ist auch imstande, jedem beliebigen Rüden zehn Punkte vorzugeben. Sie aber ... nicht männlichen Gechlechts! Ha-ha...»

«Verzeihen Sie, Michail Iwanowitsch, aber Sie... Sie halten mich wohl einfach für einen Dummkopf... das ist geradezu beleidigend...»

«Nun gut, nicht nötig, der Teufel mit Ihnen... kaufen Sie ihn nicht... Ihnen kann man nichts erklären! Sie wären imstande, zu sagen, er habe keinen Schwanz, sondern noch ein Bein... Nicht nötig. Ich wollte Ihnen einen Gefallen tun. Wachramejew, Cognac!»

Der Bursche servierte noch Cognac. Die Freunde schenkten sich jeder ein Glas ein und versanken in Grübeln. Eine halbe Stunde verging in Schweigen.

«Und wenn schon weiblichen Geschlechts...», brach der Oberleutnant das Schweigen, finster auf die Flasche starrend. «Große Sache! Um so besser für Sie. Wird Ihnen Welpen bringen, und jeder Welp bedeutet einen Viertelhunderter... Jedermann wird gerne von Ihnen kaufen. Ich weiß nicht, warum Ihnen die Rüden so gefallen! Hündinnen sind tausendmal besser. Das weibliche Geschlecht ist auch dankbarer und anhänglicher... Nun, und wenn Sie

уж если вы так бойтесь женского пола, то извольте, берите за двадцать пять.

— Нет, голубчик... Ни копейки не дам. Во-первых, собака мне не нужна, а во-вторых, денег нет.

— Так бы и сказал раньше. Милка, пошла отсюда!

Денщик подал яичницу. Приятели принялись за неё и молча очистили сковороду.

— Хороший вы малый, Кнапс, честный... — сказал поручик, вытирая губы. — Жалко мне вас так отпускать, чёрт побери... Знаете что? Берите собаку даром!

— Куда же я её, голубчик, возьму? — сказал Кнапс и вздохнул. — И кто у меня с ней возиться будет?

— Ну, не нужно, не нужно... чёрт с вами! Не хотите, и не нужно... Куда же вы? Сидите!

Кнапс, потягиваясь, встал и взялся за шапку.

— Пора, прощайте... — сказал он зевая.

— Так постойте же, я вас провожу.

Дубов и Кнапс оделись и вышли на улицу. Первые сто шагов прошли молча.

— Вы не знаете, кому бы это отдать собаку? — начал поручик. — Нет ли у вас таких знакомых? Собака, вы виде-

sich schon so vor dem weiblichen Geschlecht fürchten, bitte, so nehmen Sie sie für fünfundzwanzig.»

«Nein, mein Täubchen... Ich gebe keine Kopeke dafür. Erstens brauche ich keinen Hund, und zweitens habe ich kein Geld.»

«Hätten Sie gleich sagen sollen. Milka, marsch hinaus!»

Der Bursche servierte Spiegeleier. Die Freunde machten sich darüber her und säuberten stumm die Pfanne.

«Ein guter Junge sind Sie, Knaps, ein ehrlicher...» sagte der Oberleutnant, indem er sich die Lippen wischte. «Es würde mir leid tun, Sie so gehen zu lassen, hol mich der Teufel... Wissen Sie was? Nehmen Sie den Hund umsonst!»

«Was soll ich denn mit ihm anfangen, mein Täubchen?» sagte Knaps und seufzte. «Und wer wird sich bei mir mit ihm abgeben?»

«Nun, nicht nötig, nicht nötig... der Teufel mit Ihnen! Sie wollen nicht, und es ist ja nicht nötig... Wohin denn? Bleiben Sie sitzen!»

Knaps reckte sich, stand auf und griff nach der Mütze.

«Es ist Zeit, leben Sie wohl...» sagte er gähnend.

«So warten Sie doch, ich begleite Sie.»

Dubow und Knaps zogen sich an und traten auf die Straße. Die ersten hundert Schritte schwiegen sie.

«Wissen Sie niemanden, an den ich den Hund abgeben könnte?» begann der Oberleutnant. «Haben Sie keine solchen Bekannten? Der Hund ist, wie Sie

ли, хоро́шая, поро́дистая, но... мне реши́тельно не нужна́!

— Не зна́ю, ми́лый... Каки́е же у меня́ тут знако́мые?

До са́мой кварти́ры Кна́пса прия́тели не сказа́ли бо́льше ни одного́ сло́ва. То́лько когда́ Кнапс пожа́л пору́чику ру́ку и отвори́л свою́ кали́тку, Ду́бов ка́шлянул и ка́к-то нереши́тельно вы́говорил:

— Вы не зна́ете, зде́шние живодёры соба́к принима́ют и́ли нет?

— Должно́ быть, принима́ют... Наве́рное не могу́ сказа́ть.

— Пошлю́ за́втра с Вахраме́евым... Чёрт с ней, пусть с неё ко́жу сдеру́т... Ме́рзкая соба́ка! Отврати́тельная! Ма́ло того́, что нечистоту́ в ко́мнатах завела́, но ещё в ку́хне вчера́ всё мя́со сожрала́, п-п-по́длая... Добро́ бы поро́да хоро́шая, а то чёрт зна́ет что, по́месь дворня́жки со свиньёй. Споко́йной но́чи!

— Проща́йте! — сказа́л Кнапс.

Кали́тка хло́пнула, и пору́чик оста́лся оди́н.

gesehen haben, gut und rassig, aber... ich kann ihn überhaupt nicht gebrauchen!»

«Ich weiß niemanden, mein Lieber... Was hab ich denn hier schon für Bekannte?»

Bis zu Knaps' Wohnung sprachen die Freunde kein Wort mehr. Erst als Knaps dem Oberleutnant die Hand drückte und seine Gartenpforte öffnete, hustete Dubow und sagte ein wenig unschlüssig:

«Wissen Sie zufällig ob die Abdecker hier Hunde annehmen, oder nicht?»

«Wahrscheinlich nehmen sie an... sicher kann ich es nicht sagen.»

«Dann werde ich ihn morgen mit Wachramejew hinschicken... Hol ihn der Teufel, mag man ihm das Fell abziehen... Ein abscheulicher Hund! Ein widerlicher Hund! Nicht genug damit, daß er Unsauberkeit in die Zimmer bringt; gestern hat er sogar in der Küche das ganze Fleisch aufgefressen, der Niederträchtige... Wenn er noch von guter Rasse wäre, aber so ist er weiß der Teufel was, eine Mischung von Hofhund und Schwein. Gute Nacht!»

«Leben Sie wohl!» sagte Knaps.

Die Gartenpforte schlug zu, und der Oberleutnant blieb allein zurück.

Радость
Eine Freude

Было двенадцать часов ночи.

Митя Кулдаров, возбуждённый, взъерошенный, влетел в квартиру своих родителей и быстро заходил по всем комнатам. Родители уже ложились спать. Сестра лежала в постели и дочитывала последнюю страничку романа. Братья-гимназисты спали.

— Откуда ты? — удивились родители. — Что с тобой?

— Ох, не спрашивайте! Я никак не ожидал! Нет, я никак не ожидал! Это... это даже невероятно!

Митя захохотал и сел в кресло, будучи не в силах держаться на ногах от счастья.

Es war zwölf Uhr nachts.

Voller Aufregung und mit zerzaustem Haar stürzte Mitja Kuldarow in die Wohnung seiner Eltern und rannte durch alle Zimmer.

Die Eltern waren schon schlafen gegangen. Die Schwester lag im Bett und las gerade die letzte Seite eines Romans. Die Brüder Gymnasiasten schliefen.

«Woher kommst du?» fragten die Eltern erstaunt, «was ist mit dir los?»

«Ach fragt mich nicht! Das hätte ich nie erwartet, nein, das hätte ich nie erwartet! Das... das ist ja unglaublich!»

Mitja lachte laut auf und ließ sich in einen Sessel fallen — ihm fehlte vor Glück die Kraft, sich auf den Beinen zu halten.

— Это невероятно! Вы не можете себе представить! Вы поглядите!

Сестра спрыгнула с постели и, накинув на себя одеяло, подошла к брату. Гимназисты проснулись.

— Что с тобой? На тебе лица нет!

— Это я от радости, мамаша! Ведь теперь меня знает вся Россия! Вся! Раньше только вы одни знали, что на этом свете существует коллежский регистратор Дмитрий Кулдаров, а теперь вся Россия знает об этом! Мамаша! О, господи!

Митя вскочил, побегал по всем комнатам и опять сел.

— Да что такое случилось? Говори толком!

— Вы живёте, как дикие звери, газет не читаете, не обращаете никакого внимания на гласность, а в газетах так много замечательного! Ежели что случится, сейчас всё известно, ничего не укроется! Как я счастлив! О, господи! Ведь только про знаменитых людей в газетах печатают, а тут взяли да про меня напечатали!

— Что ты? Где?

Папаша побледнел. Мамаша взглянула на образ и перекрестилась. Гимназисты вскочили и, как были, в одних коротких ночных сорочках, подошли к своему старшему брату.

«Das ist unglaublich. Ihr könnt es euch nicht vorstellen! Da, schaut her!»

Die Schwester sprang aus dem Bett, warf sich eine Decke über und kam zum Bruder. Die Gymnasiasten erwachten.

«Was ist mit dir? Wie siehst du denn aus!»

«Mamachen, das ist vor Freude! Denn jetzt kennt mich ganz Rußland! Das ganze!

Früher, da wußtet nur ihr allein, daß es auf dieser Welt den Kollegienregistrator Dmitrij Kuldarow gibt, aber jetzt weiß ganz Rußland davon! Mamachen! Oh Gott!»

Mitja sprang auf, rannte durch alle Zimmer und setzte sich wieder hin.

«Ja, was ist denn bloß geschehen? Rede doch vernünftig!»

«Ihr haust hier wie die wilden Tiere, ihr lest keine Zeitungen, ihr kümmert euch nicht im Geringsten um die Öffentlichkeit, wo doch in den Zeitungen so viel Bemerkenswertes steht! Sobald etwas geschieht, gleich wird alles bekannt, und nichts bleibt verborgen! Wie glücklich bin ich! Oh Gott! Es kommen doch nur berühmte Leute in die Zeitung, und jetzt hat man doch tatsächlich auch über mich etwas gedruckt!»

«Was sagst du? Wo denn?»

Papachen erblaßte. Mamachen blickte zum Heiligenbild auf und bekreuzigte sich. Die Gymnasiasten sprangen auf, so wie sie waren in ihren kurzen Nachthemden, und gingen zu ihrem älteren Bruder hin.

— Да-с! Про меня напечатали! Теперь обо мне вся Россия знает! Вы, мамаша, спрячьте этот нумер на память! Будем читать иногда. Поглядите!

Митя вытащил из кармана нумер газеты, подал отцу и ткнул пальцем в место, обведённое синим карандашом.

— Читайте!

Отец надел очки.

— Читайте же!

Мамаша взглянула на образ и перекрестилась. Папаша кашлянул и начал читать:

— «29 декабря, в 11 часов вечера, коллежский регистратор Дмитрий Кулдаров...

— Видите, видите? Дальше!

— ...коллежский регистратор Дмитрий Кулдаров, выходя из портерной, что на Малой Бронной, в доме Козихина, и находясь в нетрезвом состоянии...

— Это я с Семёном Петровичем... Всё до тонкостей описано! Продолжайте! Дальше! Слушайте!

— ...и находясь в нетрезвом состоянии, поскользнулся и упал под лошадь стоявшего здесь извозчика, крестьянина деревни Дурыкиной, Юхновского уезда, Ивана Дротова. Испуганная лошадь, перешагнув через Кулдарова и протащив через него сани с находив-

«Jawohl! Man hat etwas über mich gedruckt! Jetzt weiß ganz Rußland von mir! Mamachen, heben Sie diese Zeitungsnummer zum Andenken auf! Wir werden sie noch manchmal lesen. Da, schauen Sie her!»

Mitja zog eine Zeitung aus der Tasche, gab sie seinem Vater und zeigte mit dem Finger auf eine Stelle, die mit blauem Buntstift umrandet war.

«Lesen Sie!»

Der Vater setzte die Brille auf.

«Lesen Sie doch!»

Mamachen blickte zum Heiligenbild auf und bekreuzigte sich. Papachen räusperte sich und begann zu lesen:

«Am 29. Dezember um elf Uhr abends trat der Kollegienregistrator Dmitrij Kuldarow...»

«Seht ihr, seht ihr? Weiter!»

«... der Kollegienregistrator Dmitrij Kuldarow aus dem Bierlokal heraus, das sich auf der Kleinen Bronnaja im Hause Kosichins befindet, und da er nicht in nüchternem Zustand war...»

«Das war ich mit Semjon Petrowitsch... Alles bis in die Einzelheiten beschrieben! Fahren Sie fort! Weiter! Hört!»

«... und da er nicht in nüchternem Zustand war, glitt er aus und fiel vor das Pferd des hier haltenden Droschkenkutschers, des Bauern Iwan Drotow aus dem Dorf Durykino im Juchnowschen Kreise. Das erschrockene Pferd trat über Kuldarow hinüber und zog den Schlitten mit dem darin befindlichen Mos-

шимся в них второй гильдии московским купцом Степаном Луковым, помчалась по улице и была задержана дворниками. Кулдаров, вначале находясь в бесчувственном состоянии, был отведён в полицейский участок и освидетельствован врачом. Удар, который он получил по затылку...

— Это я об оглоблю, папаша. Дальше! Вы дальше читайте!

— ...который он получил по затылку, отнесён к лёгким. О случившемся составлен протокол. Потерпевшему подана медицинская помощь...»

— Велели затылок холодной водой примачивать. Читали теперь? А? То-то вот! Теперь по всей России пошло! Дайте сюда!

Митя схватил газету, сложил её и сунул в карман.

— Побегу к Макаровым, им покажу... Надо ещё Иваницким показать, Наталии Ивановне, Анисиму Васильичу... Побегу! Прощайте!

Митя надел фуражку с кокардой и, торжествующий, радостный, выбежал на улицу.

kauer Kaufmann zweiter Gilde Stepan Lukow über ihn hinweg, jagte die Straße entlang und wurde schließlich von Hausknechten angehalten.

Kuldarow, der sich zunächst in bewußtlosem Zustand befand, wurde ins Polizeirevier gebracht und von einem Arzt einer Untersuchung unterzogen. Der Schlag, den er am Hinterkopf erhalten hatte...»

«Den habe ich von der Deichsel abbekommen, Papachen, Weiter! Lesen Sie doch weiter!»

«... den er am Hinterkopf erhalten hatte, wurde als leicht befunden. Über den Vorfall wurde ein Protokoll aufgenommen. Dem Verletzten wurde ärztliche Hilfe zuteil...»

«Man hat mir befohlen, den Hinterkopf mit kaltem Wasser zu benetzen. Haben Sie's gelesen? Wie? Na also! Jetzt ist es durch ganz Rußland gegangen! Geben Sie her!»

Mitja ergriff die Zeitung, legte sie zusammen und steckte sie in die Tasche.

«Ich laufe noch schnell zu den Makarows, möchte es ihnen zeigen... Müßte es auch noch den Iwanizkis zeigen, Natalja Iwanowna und Anissim Wassiljewitsch... Ich laufe jetzt! Wiedersehn!»

Mitja setzte die Mütze mit der Kokarde auf und eilte triumphierend und voller Freude auf die Straße hinaus.

Из дневника́ помо́щника бухга́лтера
Aus dem Tagebuch des Gehilfen des Buchhalters

1863 г. Май, 11. Наш шестидесятиле́тний бухга́лтер Гло́ткин пил молоко́ с коньяко́м по слу́чаю ка́шля и заболе́л по сему́ слу́чаю бе́лою горя́чкой. Доктора́, со сво́йственною им самоуве́ренностью, утвержда́ют, что за́втра помрёт. Наконе́ц-таки я бу́ду бухга́лтером! Э́то ме́сто мне уже́ давно́ обе́щано.

Секрета́рь Креще́в пойдёт под суд за нанесе́ние побо́ев проси́телю, назва́вшему его́ бюрокра́том. Э́то, по-ви́димому, решено́.

Принима́л деко́кт от ката́ра желу́дка.

1865 г. Аа́вгуст, 3. У бухга́лтера Гло́ткина опя́ть заболе́ла грудь. Стал ка́ш-

1863, den 11. Mai. Unser sechzigjähriger Buchhalter Glotkin trank auf Grund seines Hustens Milch mit Cognac und erkrankte aus diesem Grunde am Delirium tremens.

Die Ärzte behaupten mit der ihnen eigenen Selbstherrlichkeit, daß er morgen sterben werde. Dann werde ich endlich Buchhalter werden! Dieser Platz ist mir schon lange zugesagt.

Der Sekretär Klestschow wird vor Gericht kommen, weil er einen Bittsteller geprügelt hat, der ihn als einen Bürokraten bezeichnete. Das ist anscheinend schon beschlossen.

Ich nahm einen Absud gegen Magenkatarrh.

1865, den 3. August. Der Buchhalter Glotkin leidet wieder an der Brust. Er begann zu husten und trinkt

лять и пьёт молоко с коньяком. Если помрёт, то место останется за мной. Питаю надежду, но слабую, ибо, по-видимому, белая горячка не всегда смертельна!

Клещёв вырвал у армянина вексель и порвал. Пожалуй, дело до суда дойдёт.

Одна старушка (Гурьевна) вчера говорила, что у меня не катар, а скрытый геморой. Очень может быть!

1867 г. Июнь, 30. В Аравии, пишут, холера. Быть может, в Россию придёт, и тогда откроется много вакансий. Быть может, старик Глоткин помрёт и я получу место бухгалтера. Живуч человек! Жить так долго, по-моему, даже предосудительно.

Что бы такое от катара принять? Не принять ли цитварного семени?

1870 г. Январь, 2. Во дворе Глоткина всю ночь выла собака. Моя кухарка Пелагея говорит, что это верная примета, и мы с нею до двух часов ночи говорили о том, как я, ставши бухгалтером, куплю себе енотовую шубу и шлафрок. И, пожалуй, женюсь. Конечно, не на девушке — это мне не по годам, а на вдове.

Вчера Клещёв выведен был из клуба за то, что вслух неприличный анекдот

Milch mit Cognac. Sollte er sterben, werde ich seinen Platz einnehmen. Ich hege Hoffnung, wenn auch nur schwach, denn offenbar ist das Delirium tremens nicht immer tödlich!

Klestschow hat einem Armenier einen Wechsel aus der Hand gerissen und zerfetzt. Vielleicht kommt die Sache vor Gericht.

Eine Alte (die Gurjewna) sagte gestern, daß es bei mir kein Katarrh sei, sondern blinde Hämorrhoiden. Das ist gut möglich!

1867, den 30. Juni. Man schreibt, in Arabien herrsche die Cholera. Es könnte sein, daß sie nach Rußland übergreift und daß dann viele Stellen frei werden. Es könnte sein, daß der alte Glotkin sterben wird und ich dann seine Buchhalterstelle bekomme. Ist der Mensch zäh! So lange zu leben, ist meiner Meinung nach sogar anstößig.

Was könnte ich gegen meinen Katarrh einnehmen? Ob ich nicht vielleicht Zitwersamen nehmen sollte?

1870, den 2. Januar. Auf Glotkins Hof hat die ganze Nacht ein Hund geheult. Meine Köchin Pelageja meint, das sei ein sicheres Anzeichen; wir haben bis zwei Uhr nachts darüber gesprochen, daß ich, wenn ich Buchhalter werde, einen Waschbärpelz und einen Schlafrock anschaffe; vielleicht heirate ich dann auch. Natürlich kein junges Mädchen, das würde meinem Alter nicht entsprechen, sondern eine Witwe.

Gestern wurde Klestschow aus dem Klub ausgeschlossen, weil er vor allen Ohren eine unanständige

рассказывал и смеялся над патриотизмом члена торговой депутации Понюхова. Последний, как слышно, подаёт в суд.

Хочу с катаром к доктору Боткину сходить. Говорят, хорошо лечит...

1878 г. Июнь, 4. В Ветлянке, пишут, чума. Народ так и валится, пишут. Глоткин пьёт по этому случаю перцовку. Ну, такому старику едва ли поможет перцовка. Если придёт чума, то уж наверное я буду бухгалтером.

1883 г. Июнь, 4. Умирает Глоткин. Был у него и со слезами просил прощения за то, что смерти его с нетерпением ждал. Простил со слезами великодушно и посоветовал мне употреблять от катара желудёвый кофий.

А Клещёв опять едва не угодил под суд: заложил еврею взятый напрокат фортепьян. И несмотря на всё это, имеет уже Станислава и чин коллежского асессора. Удивительно, что творится на этом свете!

Имбиря 2 золотника, калгана 1½ зол., острой водки 1 зол., семибратней крови 5 зол.; всё смешав, настоять на штофе водки и принимать от катара натощак по рюмке.

Того же года. Июнь, 7. Вчера хорони-

Anekdote erzählte und sich über den Patriotismus des Mitgliedes der Handelsdeputation Ponjuchow lustig machte. Letzterer, so wird verlautet, wird klagen.

Ich will mit meinem Katarrh zu Doktor Botkin gehen. Man sagt, er sei ein guter Arzt...

1878, den 4. Juni. Man schreibt, in Wetljanka herrsche die Pest. Man schreibt, das Volk stürbe nur so hin. Glotkin trinkt aus diesem Anlaß Pfefferschnaps. Je nun, so einem Greis wird auch der Pfefferschnaps kaum helfen. Wenn die Pest kommt, dann werde ich wahrscheinlich wirklich Buchhalter.

1883, den 4. Juni Glotkin liegt im Sterben. Ich bin bei ihm gewesen und habe ihn weinend gebeten, mir zu verzeihen, daß ich mit solcher Ungeduld auf seinen Tod gewartet habe. Weinend hat er mir großmütig verziehen und mir geraten, gegen den Katarrh Eichelkaffee zu gebrauchen.

Klestschow dagegen ist wieder fast vor Gericht gekommen: ein geliehenes Klavier hatte er beim Juden versetzt.

Und trägt ungeachtet dessen bereits den Stanislaus und den Titel eines Kollegienassessors. Erstaunlich, was auf dieser Welt so vor sich geht.

Ingwer 10 Gramm, scharfen Schnaps 5 Gramm, Galgantwurzel 7 Gramm, Siebenschläferblut 25 Gramm, alles gut mischen, mit einem Liter Wodka ansetzen und gegen den Katarrh nüchtern jeweils ein Gläschen einnehmen.

Im gleichen Jahr, den 7. Juni. Gestern wurde

ли Глоткина. Увы! Не в пользу мне смерть сего старца! Снится мне по ночам в белой хламиде и кивает пальцем. И, о горе, горе мне, окаянному: бухгалтер не я, а Чаликов. Получил это место не я, а молодой человек, имеющий протекцию от тётки генеральши. Пропали все мои надежды!

1886 г. Июнь, 10. У Чаликова жена сбежала. Тоскует, бедный. Может быть, с горя руки на себя наложит. Ежели наложит, то я — бухгалтер. Об этом уже разговор. Значит, надежда ещё не потеряна, жить можно и, пожалуй, до енотовой шубы уже недалеко. Что же касается женитьбы, то я не прочь. Отчего не жениться, ежели представится хороший случай, только нужно посоветоваться с кем-нибудь; это шаг серьёзный.

Клещёв обменялся калошами с тайным советником Лирмансом. Скандал!

Швейцар Паисий посоветовал от катара сулему употреблять. Попробую.

Glotkin beerdigt. O weh! Nicht zu meinen Gunsten fiel der Tod des alten Mannes aus! Er erscheint mir nachts im Traum in weißer Hülle und droht mir mit dem Finger. Und o weh mir, weh mir Verdammtem: Buchhalter bin nicht ich, sondern Tschalikow. Nicht ich erhielt diese Stelle, sondern ein junger Mann, der von seiner Tante, einer Generalin, protegiert wird. Alle meine Hoffnungen sind zunichte.

1886, den 10. Juni. Tschalikows Frau ist durchgegangen. Er grämt sich, der Ärmste. Es könnte sein, daß er sich aus Gram was antut. Wenn er sich was antut, werde ich Buchhalter. Hierüber ist bereits gesprochen worden. Das bedeutet, daß noch nicht alle Hoffnung verloren ist und daß man noch leben kann und daß der Waschbärpelz vielleicht gar nicht mehr fern ist. Und was die Heirat anlangt, so hätte ich nichts dagegen. Warum nicht heiraten, wenn sich eine günstige Gelegenheit bietet, nur müßte man sich mit jemand darüber beraten; es ist ein ernster Schritt.

Klestschow hat seine Galoschen mit denen des Geheimrats Lirmans vertauscht. Ein Skandal!

Der Portier Païssij riet, Quecksilbersublimat gegen den Katarrh zu verwenden. Will ich versuchen.

Клевета
Die Verleumdung

Учитель чистописа́ния Серге́й Капито́-
ныч Ахине́ев выдава́л свою́ до́чку На-
та́лью за учи́теля исто́рии и геогра́фии
Ива́на Петро́вича Лошади́ных. Сва́деб-
ное весе́лье текло́, как по ма́слу. В за́ле
пе́ли, игра́ли, пляса́ли. По ко́мнатам, как
угоре́лые, снова́ли взад и вперёд взя́тые
напрока́т из клу́ба лаке́и в чёрных фра́-
ках и бе́лых запа́чканных га́лстуках.
Стоя́л шум и го́вор. Учи́тель матема́ти-
ки Тара́нтулов, францу́з Падекуа́ и
мла́дший реви́зо́р контро́льной пала́ты
Его́р Венеди́ктыч Мзда, си́дя ря́дом на
дива́не, спеша́ и перебива́я друг дру́га,
расска́зывали гостя́м слу́чаи погребе́ния
за́живо и выска́зывали своё мне́ние о

Der Kalligraphielehrer Sergej Kapitonytsch Achinejew gab sein Töchterchen Natalja dem Lehrer der
Geschichte und Geographie Iwan Petrowitsch Loscha-
dinych zur Frau. Die Hochzeitsfeierlichkeiten liefen
ab wie geölt. Im Saal wurde gesungen, gespielt und
getanzt. Durch die Zimmer flitzten wie besessen die
aus dem Klub gemieteten Kellner in schwarzen
Fräcken und mit weißen schmutzigen Krawatten hin
und her. Es herrschten Lärm und Stimmenge-
wirr. Der Mathematiklehrer Tarantulow, der Franzo-
se Pasdequoi und der jüngste Revisor des Staatsrech-
nungshofes, Jegor Benediktytsch Trinkgeld, saßen
nebeneinander auf dem Divan und erzählten den
Gästen hastig und einer den anderen unterbrechend
von Vorfällen des lebendig Begrabenseins und äußer-
ten ihre Meinung über den Spiritismus. Alle drei

спиритизме. Все трое не верили в спиритизм, но допускали, что на этом свете есть много такого, чего никогда не постигнет ум человеческий. В другой комнате учитель словесности Додонский объяснял гостям случаи, когда часовой имеет право стрелять в проходящих. Разговоры были, как видите, страшные, но весьма приятные. В окна со двора засматривали люди, по своему социальному положению не имевшие права войти внутрь.

Ровно в полночь хозяин Ахинеев прошёл в кухню поглядеть, всё ли готово к ужину. В кухне от пола до потолка стоял дым, состоявший из гусиных, утиных и многих других запахов. На двух столах были разложены и расставлены в художественном беспорядке атрибуты закусок и выпивок. Около столов суетилась кухарка Марфа, красная баба с двойным перетянутым животом.

— Покажи-ка мне, матушка, осетра! — сказал Ахинеев, потирая руки и облизываясь. — Запах-то какой, миазма какая! Так бы и съел всю кухню! Ну-кося, покажи осетра!

Марфа подошла к одной из скамей и осторожно приподняла засаленный газетный лист. Под этим листом, на огром-

glaubten nicht an den Spiritismus, aber sie ließen gelten, daß es vieles auf dieser Welt gebe, was der menschliche Verstand niemals erfassen wird. In einem anderen Zimmer erläuterte der Literaturlehrer Dodonskij den Gästen die Fälle, in denen ein Wachtposten das Recht hat, auf Vorübergehende zu schießen. Die Gespräche waren, wie man sieht, voller Schrecknisse, doch außerordentlich angenehm. Von draußen durch die Fenster schauten Menschen herein, die ihrer sozialen Stellung nach nicht das Recht hatten einzutreten.

Genau um Mitternacht begab sich der Hausherr Achinejew in die Küche, um nachzusehen, ob alles für das Abendessen bereit sei. In der Küche stand vom Boden bis zur Decke ein Dampf, der den Duft von Gänsebraten und Entenbraten und alle möglichen anderen Düfte enthielt. Auf zwei Tischen war in künstlerischer Unordnung das Zubehör für Vorspeisen und Schnäpse ausgebreitet und aufgestellt. Neben den Tischen machte sich die Köchin Marfa zu schaffen, ein rotes Weib mit eingeschnürtem doppeltem Bauch.

«Mütterchen, zeig mir mal den Stör!» sagte Achinejew, indem er sich die Hände rieb und die Lippen leckte. «Welch ein Duft, welch ein Miasma! Ich könnte die ganze Küche verspeisen! Na, denn mal los, zeig den Stör!»

Marfa ging zu einer der Bänke und hob vorsichtig ein fettiges Zeitungsblatt hoch. Unter diesem Blatt ruhte auf einer riesigen Schüssel ein großer Stör in

нейшем блюде, покоился большой заливной осётр, пестревший каперсами, оливками и морковкой. Ахинеев поглядел на осетра и ахнул. Лицо его просияло, глаза подкатились. Он нагнулся и издал губами звук неподмазанного колеса. Постояв немного, он щёлкнул от удовольствия пальцами и ещё раз чмокнул губами.

— Ба! Звук горячего поцелуя... Ты с кем это здесь целуешься, Марфуша? — послышался голос из соседней комнаты, и в дверях показалась стриженая голова помощника классных наставников, Ванькина. — С кем это ты? А-а... очень приятно! С Сергей Капитонычем! Хорош дед, нечего сказать! С женским полонезом тет-а-тет!

— Я вовсе не целуюсь, — сконфузился Ахинеев, — кто это тебе, дураку, сказал? Это я тово... губами чмокнул в отношении... в рассуждении удовольствия... При виде рыбы...

— Рассказывай!

Голова Ванькина широко улыбнулась и скрылась за дверью. Ахинеев покраснел.

«Чёрт знает что! — подумал он. — Пойдёт теперь, мерзавец, и насплетничает. На весь город осрамит, скотина...»

Ахинеев робко вошёл в залу и искоса

Sülze; und er leuchtete ganz bunt von Kapern, Oliven und Möhrchen. Achinejew betrachtete den Stör und stöhnte leise. Sein Gesicht strahlte, seine Augen rollten.

Er beugte sich vor und gab mit den Lippen den Laut eines ungeschmierten Rades von sich. Er stand noch ein wenig da, dann schnippte er vor Vergnügen mit den Fingern und schmatzte noch einmal mit den Lippen.

«Bah! Der Laut eines heißen Kusses... Mit wem küßt du dich hier, Marfuschka!» erklang eine Stimme aus dem Nebenzimmer, und in der Tür erschien der geschorene Kopf des Klassenlehrergehilfen Wankin. «Mit wem tust du das?

A-a-ah... sehr angenehm! Mit Sergej Kapitonytsch! Famoser Großpapa, kann man gar nicht anders sagen! Mit Madame Polonaise tête à tête!»

«Ich denke nicht daran, mich zu küssen», sagte Achinejew verlegen. «Wer hat dir das gesagt, du Narr? Ich habe nur eben so... mit den Lippen geschmatzt in Bezug auf... in Erwägung des Genusses ... beim Anblick des Fisches...»

«Was du nicht sagst!»

Auf Wankins Kopf erschien ein breites Lächeln, und er verschwand hinter der Tür. Achinejew errötete.

«Weiß der Teufel!» überlegte er. «Jetzt geht der Gauner hin und klatscht über mich. Dieses Rindvieh wird mich vor der ganzen Stadt beschämen...»

Zaghaft betrat Achinejew den Saal und schielte

поглядел в сторону: где Ванькин? Ванькин стоял около фортепиано и, ухарски изогнувшись, шептал что-то смеявшейся свояченице инспектора.

«Это про меня! — подумал Ахинеев. — Про меня, чтоб его разорвало! А та и верит... и верит! Смеётся! Боже ты мой! Нет, так нельзя оставить... нет... Нужно будет сделать, чтоб ему не поверили... Поговорю со всеми с ними, и он же у меня в дураках-сплетниках останется».

Ахинеев почесался и, не переставая конфузиться, подошёл к Падекуа.

— Сейчас я в кухне был и насчёт ужина распоряжался, — сказал он французу. — Вы, я знаю, рыбу любите, а у меня, батенька, осётр, вво! В два аршина! Хе-хе-хе... Да, кстати... чуть было не забыл... В кухне-то сейчас, с осетром с этим — сущий анекдот! Вхожу я сейчас в кухню и хочу кушанья оглядеть... Гляжу на осетра и от удовольствия... от пикантности губами чмок! А в это время вдруг дурак этот Ванькин входит и говорит... ха-ха-ха... и говорит: «Ааа... вы целуетесь здесь?» С Марфой-то, с кухаркой! Выдумал же, глупый человек! У бабы ни рожи, ни кожи, на всех зверей похожа, а он... целоваться! Чудак!

nach der Seite: wo steckte Wankin? Wankin stand neben dem Klavier und flüsterte, wobei er sich verwegen krümmte, der lachenden Schwägerin des Schulinspektors etwas ins Ohr.

«Das geht auf mich!» dachte sich Achinejew. «Es geht auf mich — daß es ihn doch zerreißen möchte! Und sie glaubt es... sie glaubt es! Sie lacht! Du mein Gott! Nein, das kann nicht so bleiben... nein... man muß etwas tun, damit die Leute ihm nicht glauben... Ich werde mit ihnen allen sprechen, und er soll mir als ein närrisches Klatschmaul dastehen.»

Achinejew kratzte sich und trat, ohne seine Verlegenheit loszuwerden, zu Pasdequoi.

«Soeben war ich in der Küche, um für das Abendessen Anordnungen zu geben», sagte er zu dem Franzosen. «Sie lieben Fisch, wie ich weiß, und bei mir, Väterchen, gibt es einen Stör, n-na! Zwei Ellen lang! He-he-he... übrigens... fast hätte ich's vergessen... In der Küche ist mir eben mit dem besagten Stör — es ist eine richtige Anekdote! Da komme ich also eben in die Küche und will mir die Speisen anschauen... und betrachte den Stör, und vor Vergnügen... vor Pikanterie schmatze ich mit den Lippen... Im gleichen Augenblick tritt plötzlich der Narr dort, der Wankin, ein und sagt... ha-ha-ha... und sagt: ‹Ah-ah... Sie küssen sich hier?› Mit Marfa, verstehen Sie, mit der Köchin! Was dieser Dummkopf sich ausdenkt! Das Weib ist so häßlich wie gräßlich, allen Bestien ähnlich, er aber... spricht vom Küssen! So ein Kauz!»

— Кто чудак? — спросил подошедший Тарантулов.

— Да вон тот, Ванькин! Вхожу, это, я в кухню...

И он рассказал про Ванькина.

— Насмешил, чудак! А по-моему, приятней с барбосом целоваться, чем с Марфой, — прибавил Ахинеев, оглянулся и увидел сзади себя Мзду.

— Мы насчёт Ванькина, — сказал он ему. — Чудачина! Входит, это, в кухню, увидел меня рядом с Марфой, да и давай штуки разные выдумывать. «Чего, говорит, вы целуетесь?» Спьяна-то ему примерещилось. А я, говорю, скорей с индюком поцелуюсь, чем с Марфой. Да у меня и жена есть, говорю, дурак ты этакий. Насмешил!

— Кто вас насмешил? — спросил подошедший к Ахинееву отец-законоучитель.

— Ванькин. Стою я, знаете, в кухне и на осетра гляжу...

И так далее. Через какие-нибудь полчаса уже все гости знали про историю с осетром и Ванькиным.

«Пусть теперь им рассказывает! — думал Ахинеев, потирая руки. — Пусть! Он начнёт рассказывать, а ему сейчас: «Полно тебе, дурак, чепуху городить! Нам всё известно!»

И Ахинеев до того успокоился, что

«Wer ist der Kauz?» fragte Tarantulow, der hinzutrat.

«Der dort, Wankin! Da trete ich doch eben in die Küche...»

Und er erzählte noch einmal von Wankin.

«Hat mich zum Lachen gebracht, der Kauz! Meiner Ansicht nach wäre es angenehmer, einen Hofhund zu küssen als diese Marfa», fügte Achinejew hinzu, blickte sich um und sah Trinkgeld hinter sich stehen.

«Wir sprechen eben von Wankin», sagte er. «Was für ein Kauz! Da kommt er vorhin in die Küche und sieht mich neben Marfa, und schon denkt er sich dabei verschiedene Dummheiten aus. ‹Wieso› sagte er, ‹küssen Sie sich?› Das muß ihm die Trunkenheit vorgespiegelt haben. ‹Von mir aus›, sagte ich, ‹würde ich eher einen Truthahn küssen als diese Marfa. Überdies habe ich doch eine eigene Frau›, sagte ich, ‹du törichter Narr.› Hat der mich zum Lachen gebracht!»

«Wer hat Sie zum Lachen gebracht?» fragte der auf Achinejew zutretende Priester-Religionslehrer.

«Wankin. Da stehe ich eben, wissen Sie, in der Küche und betrachte den Stör...»

Und so weiter. Nach kaum einer halben Stunde kannten alle Gäste die Geschichte vom Stör und von Wankin.

«Mag er's ihnen jetzt immer erzählen!» dachte Achinejew und rieb sich die Hände. «Mag er nur! Kaum fängt er an zu erzählen, wird man ihn sofort unterbrechen: Hör auf, du Narr, solchen Unsinn zu verbreiten! Wir wissen schon Bescheid.»

Und damit beruhigte sich Achinejew so sehr, daß

выпил от радости лишних четыре рюмки. Проводив после ужина молодых в спальню, он отправился к себе и уснул, как ни в чём не повинный ребёнок, а на другой день он уже не помнил истории с осетром. Но, увы! Человек предполагает, а бог располагает. Злой язык сделал своё злое дело, и не помогла Ахинееву его хитрость! Ровно через неделю, а именно в среду после третьего урока, когда Ахинеев стоял среди учительской и толковал о порочных наклонностях ученика Высекина, к нему подошёл директор и отозвал его в сторону.

— Вот что, Сергей Капитоныч, — сказал директор. — Вы извините... Не моё это дело, но всё-таки я должен дать понять... Моя обязанность... Видите ли, ходят слухи, что вы живёте с этой... с кухаркой... Не моё это дело, но... Живите с ней, целуйтесь... что хотите, только, пожалуйста, не так гласно! Прошу вас! Не забывайте, что вы педагог!

Ахинеев озяб и обомлел. Как ужаленный сразу целым роем и как ошпаренный кипятком, он пошёл домой. Шёл он домой, и ему казалось, что на него весь город глядит, как на вымазанного дёгтем... Дома ожидала его новая беда.

er vor lauter Freude noch einmal vier Gläschen leerte. Nach dem Abendessen begleitete er das junge Paar ins Schlafzimmer, dann begab er sich in sein eigenes Zimmer und schlief wie ein unschuldiges Kindchen ein, und am nächsten Tag dachte er schon nicht mehr an die Geschichte mit dem Stör. Doch oh weh! Der Mensch denkt, und Gott lenkt. Die böse Zunge verrichtete ihr böses Werk, und seine List half Achinejew nichts! Genau nach einer Woche, und zwar am Mittwoch nach der dritten Stunde, als Achinejew mitten im Lehrerzimmer stand und sich über die lasterhaften Neigungen des Schülers Wyssjekin verbreitete, trat der Direktor an ihn heran und nahm ihn beiseite.

«Hören Sie zu, Sergej Kapitonytsch», sagte der Direktor. «Sie müssen schon entschuldigen... Es geht mich ja nichts an, aber ich muß Ihnen doch zu verstehen geben... Meine Pflicht... Sehen Sie, da gehen Gerüchte um, daß Sie mit dieser Köchin... ein Verhältnis haben... Es geht mich nichts an, aber ... Leben Sie mit ihr zusammen, küssen Sie sich... was immer Sie wollen, nur, bitte nicht so öffentlich! Ich bitte Sie! Vergessen Sie nicht, daß Sie Pädagoge sind!»

Achinejew fror und erstarrte. Wie von einem ganzen Bienenschwarm zugleich gestochen und wie von kochendem Wasser verbrüht, ging er nach Hause. Er ging nach Hause, und es schien ihm, daß die ganze Stadt ihn anstarrte, wie wenn er mit Teer beschmiert wäre... Zu Hause erwartete ihn neues Unheil.

— Ты что же это ничего не трескаешь? — спросила его за обедом жена. — О чём задумался? Об амурах думаешь? О Марфушке стосковался? Всё мне, махамет, известно! Открыли глаза люди добрые! Ууу... варвар!

И шлёп его по щеке!.. Он встал из-за стола и, не чувствуя под собой земли, без шапки и пальто, побрёл к Ванькину. Ванькина он застал дома.

— Подлец ты! — обратился Ахинеев к Ванькину. — За что ты меня перед всем светом в грязи выпачкал? За что ты на меня клевету пустил?

— Какую клевету? Что вы выдумываете!

— А кто насплетничал, будто я с Марфой целовался? Не ты, скажешь? Не ты, разбойник?

Ванькин заморгал и замигал всеми фибрами своего поношенного лица, поднял глаза к образу и проговорил:

— Накажи меня бог! Лопни мой глаза и чтоб я издох, ежели хоть одно слово про вас сказал! Чтоб мне ни дна, ни покрышки! Холеры мало!..

Искренность Ванькина не подлежала сомнению. Очевидно, не он насплетничал.

«Но кто же? Кто? — задумался Ахинеев, перебирая в своей памяти всех

«Warum willst du denn gar nicht zulangen?» fragte ihn seine Frau beim Mittagessen. «Woran denkst du? Wohl an Amouren? Hast wohl Sehnsucht nach Marfuschka? Ich weiß alles, du Großtürke! Gute Leute haben mir die Augen geöffnet! Uh-uh-uh... du Barbar!»

Und klatsch, ihm eine auf die Backe!... Er erhob sich vom Tisch und schleppte sich, den Boden unter sich nicht fühlend, ohne Hut und Mantel zu Wankin. Und Wankin traf er zu Hause an.

«Du Schuft!» wandte sich Achinejew an Wankin. «Aus welchem Grunde hast du mich vor der ganzen Welt mit Dreck beschmutzt? Aus welchem Grunde hast du diese Verleumdung über mich verbreitet?»

«Welche Verleumdung? Was denken Sie sich da aus?»

«Wer hat denn den Klatsch verbreitet, daß ich mich mit Marfa geküßt hätte? Willst du vielleicht sagen, nicht du? Nicht du, du Räuber?»

Wankin zwinkerte und zuckte mit allen Fibern seines verkommenen Gesichts, schlug die Augen zum Heiligenbilde auf und sprach:

«Gott strafe mich! Die Augen sollen mir herausfallen, verrecken will ich, wenn ich auch nur ein Wort über Sie gesagt habe! Möge ich nirgends Rast noch Ruhe finden! Die Cholera wäre zu wenig...»

Wankins Aufrichtigkeit konnte keinem Zweifel unterliegen. Offensichtlich hatte nicht er den Klatsch verbreitet.

Aber wer denn sonst? Wer nur? überlegte Achinejew, während er in seinem Kopf alle seine Bekann-

своих знакомых и стуча себя по груди́.
— Кто же?»

— Кто же? — спро́сим и мы чита́теля...

ten an sich vorbeiziehen ließ und sich an die Brust
schlug. Wer nur?

Ja, wer nur? fragen wir auch den Leser...

Пе́рвого февраля́ ка́ждого го́да, в день
свято́го му́ченика Три́фона, в име́нии
вдовы́ бы́вшего уе́здного предводи́теля
Три́фона Льво́вича Завзя́това быва́ет не-
обыча́йное движе́ние. В э́тот день вдова́
предводи́теля Любо́вь Петро́вна слу́жит
по усо́пшем имени́ннике панихи́ду, а по́-
сле панихи́ды — благода́рственное го́с-
поду бо́гу моле́бствие. На панихи́ду
съезжа́ется весь уе́зд. Тут вы уви́дите
тепе́решнего предводи́теля Хру́мова,
председа́теля зе́мской упра́вы Марфу́т-
кина, непреме́нного чле́на Потрашко́ва,
обо́их участко́вых мировы́х, испра́вника
Кринолѝнова, двух становы́х, зе́мского
врача́ Дворня́гина, па́хнущего иодофо́р-

Jedes Jahr am ersten Februar, dem Tag des heiligen
Märtyrers Trifon, herrscht auf dem Gut der Witwe
des ehemaligen Kreisadelsmarschalls Trifon Lwowitsch Sawsjatow ungewöhnlicher Betrieb. An diesem Tage läßt die Witwe des Adelsmarschalls, Ljubow
Petrowna, für den verstorbenen Namensträger eine
Seelenmesse lesen, und anschließend an die Messe
ein Dankgebet an Gott den Herrn.

Zur Seelenmesse
kommt der ganze Landkreis zusammen. Da kann
man den jetzigen Adelsmarschall Chrumow sehen,
den Vorsitzenden der Bezirksverwaltung Marfutkin,
den ständigen Beisitzer Potraschkow, die beiden
Distriktsfriedensrichter, den Kreispolizeichef Krinoli-
now, die beiden Polizeioffiziere, den Distriktsarzt
Dwornjagin, der nach Jodoform riecht, sämtliche

мом, всех помещиков, больших и малых, и проч. Всего набирается человек около пятидесяти.

Ровно в 12 часов дня гости, вытянув физиономии, пробираются из всех комнат в залу. На полу ковры, и шаги бесшумны, но торжественность случая заставляет инстинктивно подниматься на цыпочки и балансировать при ходьбе руками. В зале уже всё готово. Отец Евмений, маленький старичок, в высокой полинявшей камилавке, надевает чёрные ризы. Диакон Конкордиев, красный как рак и уже облачённый, бесшумно перелистывает требник и закладывает в него бумажки. У двери, ведущей в переднюю, дьячок Лука, надув широко щёки и выпучив глаза, раздувает кадило. Зала постепенно наполняется синеватым, прозрачным дымком и запахом ладана. Народный учитель Геликонский, молодой человек в новом, мешковатом сюртуке и с большими угрями на испуганном лице, разносит на мельхиоровом подносе восковые свечи. Хозяйка Любовь Петровна стоит впереди около столика с кутьёй и заранее прикладывает к лицу платок. Кругом тишина, изредка прерываемая вздохами. Лица у всех натянутые, торжественные...

Панихида начинается. Из кадила стру-

Gutsbesitzer, die großen wie die kleinen, und andere mehr. Im ganzen finden sich an die fünfzig Personen ein.

Genau um zwölf Uhr mittags begeben sich aus allen Zimmern die Gäste mit ehrerbietig langgezogenen Gesichtern in den Saal. Auf dem Boden liegen Teppiche, und die Schritte sind geräuschlos; doch die Feierlichkeit des Geschehens veranlaßt alle, sich unwillkürlich auf die Zehenspitzen zu erheben und beim Gehen mit den Armen zu balancieren. Im Saal ist schon alles bereit. Vater Eumenius, ein kleines Alterchen mit einem hohen verblichenen Priesterhut auf dem Kopf, zieht gerade das schwarze Meßgewand an. Rot wie ein Krebs und schon fertig angekleidet blättert der Diakon Konkordjew geräuschlos im Gebetbuch und legt Papierzeichen hinein. An der Tür, die zum Vorzimmer führt, bläst der Mesner Luka, die Backen breit aufpustend und die Augen herausdrückend, das Weihrauchfaß an. Der Saal füllt sich allmählich mit einer bläulichen durchsichtigen Wolke und dem Duft des Weihrauchs. Der Volksschullehrer Helikonskij, ein junger Mann in einem neuen sackartigen Rock und mit großen Pickeln auf dem erschreckten Gesicht, reicht Wachslichter auf einem neusilbernen Tablett herum. Die Hausfrau Ljubow Petrowna steht vorne neben dem Tischchen mit der Totenspeise und drückt schon im Voraus ein Taschentuch an ihr Gesicht. Ringsum Stille, nur zuweilen von Seufzern unterbrochen. Die Gesichter aller Anwesenden sind gespannt und feierlich...

Die Seelenmesse beginnt. Blauer Rauch strömt

йтся синий дымок и играет в косом солнечном луче, зажжённые свечи слабо потрескивают. Пение, сначала резкое и оглушительное, вскоре, когда певчие мало-помалу приспособляются к акустическим условиям комнат, делается тихим, стройным... Мотивы всё печальные, заунывные... Гости мало-помалу настраиваются на меланхолический лад и задумываются. В головы их лезут мысли о краткости жизни человеческой, о бренности, суете мирской... Припоминается покойный Завзятов, плотный, краснощёкий, выпивавший залпом бутылку шампанского и разбивавший лбом зеркала. А когда поют «со святыми упокой» и слышатся всхлипыванья хозяйки, гости начинают тоскливо переминаться с ноги на ногу. У более чувствительных начинает почёсываться в горле и около век. Председатель земской управы Марфуткин, желая заглушить неприятное чувство, нагибается к уху исправника и шепчет:

— Вчера я был у Ивана Фёдорыча... С Петром Петровичем большой шлем на без козырях взяли... Ей-богу... Ольга Андреевна до того взбеленилась, что у неё изо рта искусственный зуб выпал.

Но вот поётся «вечная память». Геликонский почтительно отбирает свечи, и панихида кончается. Засим следует ми-

aus dem Weihrauchfaß und spielt in einem schrägen Sonnenstrahl; leise knistern die angezündeten Kerzen. Der Gesang, anfangs schrill und ohrenbetäubend, wird bald, nachdem die Sänger sich allmählich an die akustischen Verhältnisse der Räume gewöhnt haben, leise und harmonisch... Die Motive sind alle traurig und kummervoll... Nach und nach stellen sich die Gäste auf Melancholie ein und werden nachdenklich. Gedanken über die Kürze des menschlichen Lebens kriechen ihnen in die Köpfe, über die Vergänglichkeit und Nichtigkeit der Welt... Man gedenkt des verstorbenen Sawsjatow, des stämmigen rotbackigen Mannes, der auf einen Zug eine Champagnerflasche leeren und mit seiner Stirn Spiegel zertrümmern konnte. Sobald aber «Ewige Ruhe mit den Heiligen» gesungen wird und das Schluchzen der Hausfrau ertönt, beginnen die Gäste schwermütig von einem Fuß auf den anderen zu treten. Die Gefühlvolleren beginnt es in der Kehle zu kratzen und an den Augenlidern zu jucken. Der Vorsitzende der Bezirksverwaltung Marfutkin neigt sich, um ein unangenehmes Gefühl zu ersticken, zum Ohr des Kreispolizeichefs und flüstert:

«Ich war gestern bei Iwan Fjodorowitsch... Ich gewann mit Pjotr Petrowitsch im Spiel ein Groß-Schlemm ohne Trumpf... Bei Gott... Olga Andrejewna geriet dermaßen in Wut, daß ihr ein künstlicher Zahn aus dem Munde fiel...»

Inzwischen wird schon «Ewiges Gedenken» gesungen. Helikonskij sammelt ehrfurchtsvoll die Kerzen ein, und die Seelenmesse geht zu Ende. Hierauf folgt

нутная суматоха, перемена риз и молебен. После молебна, пока отец Евмений разоблачается, гости потирают руки и кашляют, а хозяйка рассказывает о доброте покойного Трифона Львовича.

— Прошу, господа, закусить! — оканчивает она свой рассказ вздыхая.

Гости, стараясь не толкаться и не наступать друг другу на ноги, спешат в столовую... Тут ожидает их завтрак. Этот завтрак до того роскошен, что дьякон Конкордиев ежегодно, при взгляде на него, считает своею обязанностью развести руками, покачать в изумлении головой и сказать:

— Сверхъестественно! Это, отец Евмений, не столько похоже на пищу человеков, сколько на жертвы, приносимые богам.

Завтрак действительно необыкновенен. На столе есть всё, что только могут дать флора и фауна, сверхъестественного же в нём разве только одно: на столе есть всё, кроме... спиртных напитков. Любовь Петровна дала обет не держать в доме карт и спиртных напитков — двух вещей, погубивших её мужа. И на столе стоят только бутылки с уксусом и маслом, словно на смех и в наказание завтракающим, всплошную состоящим из отчаянных пропойц и выпивох.

eine Minute lang ein Durcheinander, das Wechseln der Meßgewänder und das Gebet. Nach dem Gebet, während Vater Eumenius seinen Ornat ablegt, reiben sich die Gäste die Hände und hüsteln, und die Hausfrau erzählt von der Güte des verstorbenen Trifon Lwowitsch.

«Meine Herrschaften, ich bitte zum Imbiß!» So beendet sie seufzend ihre Erzählung.

Bemüht, nicht zu drängeln und sich nicht länger gegenseitig auf die Füße zu treten, eilen die Gäste ins Speisezimmer... Hier erwartet sie ein Frühstück. Dieses Frühstück ist dermaßen üppig, daß der Diakon Konkordjew bei solchem Anblick es jedes Jahr für seine Pflicht hält, die Arme auszubreiten, vor Erstaunen den Kopf zu schütteln und zu sagen:

«Geradezu übernatürlich! Vater Eumenius, dies hier gleicht weniger den Speisen der Menschen als vielmehr Opfergaben, die man den Göttern darbringt.»

Das Frühstück ist in der Tat ungewöhnlich. Auf dem Tisch befindet sich alles, was Flora und Fauna zu bieten vermögen; übernatürlich ist daran aber nur eines: auf dem Tisch befindet sich alles — außer alkoholischen Getränken. Ljubow Petrowna hat ein Gelübde geleistet, weder Karten noch alkoholische Getränke im Hause zu halten — die zwei Dinge, die ihren Mann zugrunde gerichtet haben. Und so stehen auf dem Tisch lediglich Flaschen mit Essig und Öl, geradezu ein Hohn und eine Strafe für die Frühstückenden, die samt und sonders aus hoffnungslosen Säufern und Schnapsbrüdern bestehen.

— Кушайте, господа! — приглашает предводительша. — Только, извините, водки у меня нет... Не держу...

Гости приближаются к столу и нерешительно приступают к пирогу. Но еда не клеится. В тыканье вилками, в резанье, в жевании видна какая-то лень, апатия... Видимо, чего-то не хватает.

— Чувствую, словно потерял что-то... — шепчет один мировой другому. — Такое же чувство было у меня, когда жена с инженером бежала... Не могу есть!

Марфуткин, прежде чем начать есть, долго роется в карманах и ищет носовой платок.

— Да ведь платок в шубе! А я-то ищу, — вспоминает он громогласно и идёт в переднюю, где повешены шубы.

Из передней возвращается он с маслеными глазками и тотчас же аппетитно набрасывается на пирог.

— Что, небось противно всухомятку трескать? — шепчет он отцу Евмению. — Ступай, батя, в переднюю, там у меня в шубе бутылка есть... Только смотри, поосторожней, бутылкой не звякни!

Отец Евмений вспоминает, что ему нужно приказать что-то Луке, и семенит в переднюю.

— Батюшка! два слова... по секрету! — догоняет его Дворнягин.

«Greifen Sie zu, meine Herren!» lädt die Adels-marschallin ein. «Nur verzeihen Sie, Wodka gibt es bei mir nicht... Den habe ich nie im Hause...»

Die Gäste treten zum Tisch und machen sich unschlüssig an die gefüllte Pastete. Aber das Essen rutscht nicht. Beim Gabelstochern, beim Schneiden, beim Kauen ist deutlich eine gewissen Trägheit be-merkbar, eine Apathie... Offenbar fehlt etwas.

«Mir ist, als hätte ich was verloren...», flüstert einer der Friedensrichter dem anderen zu. «Genau das gleiche Gefühl hatte ich, als meine Frau mit dem Ingenieur durchging... Ich kann nichts essen!»

Bevor er zu essen beginnt, wühlt Marfutkin lange in seinen Taschen herum und sucht nach einem Taschentuch.

«Ach so, das Taschentuch ist ja im Pelz! Und ich suche es noch!» So erinnert er sich mit schallender Stimme und geht ins Vorzimmer, wo die Pelze hängen.

Aus dem Vorzimmer kommt er mit öligen Äuglein zurück und stürzt sich sogleich mit Appetit auf die Pastete.

«Nicht wahr, es ist einem zuwider, die Speisen trocken herunterzuwürgen?» flüstert er dem Vater Eumenius zu. «Geh ins Vorzimmer, Vater, dort habe ich im Pelz eine Flasche... Aber gib acht, sei vor-sichtig, daß die Flasche nicht klirrt!»

Dem Vater Eumenius fällt ein, daß er seinem Luka etwas befehlen muß, und er trippelt ins Vorzimmer.

«Väterchen! Zwei Worte... im Vertrauen!» — so holt ihn Dwornjagin ein.

— А какую я себе шубу купил, господа, по случаю! — хвастает Хрумов. — Стоит тысячу, а я дал... вы не поверите... двести пятьдесят! Только!

Во всякое другое время гости встретили бы это известие равнодушно, но теперь они выражают удивление и не верят. В конце концов все валят толпой в переднюю глядеть на шубу и глядят до тех пор, пока докторский Микешка не выносит тайком из передней пяти пустых бутылок... Когда подают разварного осетра, Марфуткин вспоминает, что он забыл свой портсигар в санях, и идёт в конюшню. Чтобы одному не скучно было идти, он берёт с собою дьякона, которому кстати же нужно поглядеть на лошадь...

Вечером того же дня Любовь Петровна сидит у себя в кабинете и пишет старинной петербургской подруге письмо:

«Сегодня, по примеру прошлых лет, — пишет она между прочим, — у меня была панихида по покойном. Были на панихиде все мои соседи. Народ грубый, простой, но какие сердца! Угостила я их на славу, но, конечно, как и в те годы, горячих напитков — ни капли. С тех пор, как он умер от излишества, я дала себе клятву водворить в нашем уезде трезвость и этим самым искупить его

«Was ich mir für einen Pelz gekauft habe, Herrschaften, als Gelegenheitskauf!» prahlt Chrumow. «Er ist einen Tausender wert, aber ich habe dafür... Sie werden es nicht glauben... zweihundertfünfzig gegeben! Nicht mehr!»

Zu jeder anderen Zeit hätten die Gäste diese Mitteilung gleichmütig aufgenommen, jetzt aber äußern sie Erstaunen und wollen es nicht glauben. Schließlich wälzen sich alle in einem Haufen ins Vorzimmer, den Pelz anzuschauen, und sie schauen ihn so lange an, bis des Doktors Mikeschka insgeheim fünf leere Flaschen aus dem Vorzimmer hinausträgt... Als der gedünstete Stör serviert wird, fällt Marfutkin ein, daß er sein Zigarettenetui im Schlitten vergessen hat, und geht in den Stall. Damit es ihm nicht langweilig wird, allein zu gehen, nimmt er den Diakon mit, der bei dieser Gelegenheit auch nach seinem Pferd schauen muß...

Am Abend des gleichen Tages sitzt Ljubow Petrowna in ihrem Kabinett und schreibt einer alten Petersburger Freundin einen Brief:

«Heute fand bei mir, wie in den vergangenen Jahren», schreibt sie unter anderem, «eine Seelenmesse für den Verstorbenen statt. Zur Messe waren alle meine Nachbarn erschienen. Grobes, einfaches Volk, doch was für Herzen! Bewirtet habe ich sie prächtig, nur gab es natürlich, wie in all den Jahren, an scharfen Getränken keinen Tropfen. Seit Er an Unmäßigkeit starb, habe ich mir geschworen, in unserem Landkreis Enthaltsamkeit einzuführen und damit seine Sünden abzubüßen. Die Nüchternheit zu

грехи. Проповедь трезвости я начала со своего дома. Отец Евмений в восторге от моей задачи и помогает мне словом и делом. Ах, ma chère, если б ты знала, как любят меня мои медведи! Председатель земской управы Марфуткин после завтрака припал к моей руке, долго держал её у своих губ и, смешно замотав головой, заплакал: много чувства, но нет слов! Отец Евмений, этот чудный старикашечка, подсел ко мне и, слезливо глядя на меня, лепетал долго что-то, как дитя. Я не поняла его слов, но понять искреннее чувство я умею. Исправник, тот красивый мужчина, о котором я тебе писала, стал передо мной на колени, хотел прочесть стихи своего сочинения (он у нас поэт), но... не хватило сил... покачнулся и упал... С великаном сделалась истерика... Можешь представить мой восторг! Не обошлось, впрочем, и без неприятностей. Бедный председатель мирового съезда Алалыкин, человек полный и апоплексический, почувствовал себя дурно и пролежал на диване в бессознательном состоянии два часа. Пришлось отливать его водой... Спасибо доктору Дворнягину: принёс из своей аптеки бутылку коньяку и помочил ему виски, отчего тот скоро пришёл в себя и был увезён... »

predigen begann ich im eigenen Hause. Vater Eumenius ist entzückt von meiner Aufgabe und hilft mir mit Wort und Tat. Ach, ma chère, wenn Du wüßtest, wie meine Bären mich lieben! Der Vorsitzende der Bezirksverwaltung, Marfutkin, küßte mir nach dem Frühstück innig die Hand, er hielt sie lange an seine Lippen, und komisch mit dem Kopf wackelnd brach er in Tränen aus: so viel Gefühl, doch keine Worte! Vater Eumenius, dieser wunderbare kleine Greis, setzte sich zu mir und lallte, indem er mich mit tränenden Augen anblickte, lange irgend etwas, wie ein Kind. Ich konnte seine Worte nicht verstehen, aber ich weiß ein echtes Gefühl zu würdigen. Der Polizeichef, dieser schöne Mann, von dem ich Dir schon schrieb, kniete vor mir nieder und wollte selbstverfaßte Verse vortragen (er ist unser Dichter), aber... es gebrach ihm an Kraft... und er schwankte und stürzte nieder... Dieser Riesenkerl hatte einen hysterischen Anfall... Kannst Du Dir mein Entzücken vorstellen?

Übrigens ging es nicht ganz ohne Unannehmlichkeiten ab. Der arme Vorsitzende des Friedensgerichtes, Alalykin, ein fülliger und apoplektischer Mann, fühlte sich schlecht und lag zwei Stunden lang in bewußtlosem Zustand auf dem Diwan. Man mußte ihn mit Wasser begießen ... Ich bin dem Doktor Dwornjagin dankbar: er hatte eine Flasche Kognak aus seiner Apotheke mitgebracht und netzte ihm die Schläfen, wodurch jener bald wieder zu sich kam und fortgebracht werden konnte...»

Anton Pawlowitsch Tschechow wurde am 29.1.1860 in Taganrog am Asowschen Meer geboren und ist am 15.7.1904 in Badenweiler gestorben, an einem Lungenleiden, das er dort auskurieren wollte. — Er studierte zunächst Medizin, wobei er gezwungen war, sich seinen Unterhalt selbst zu verdienen. Zu diesem Zweck begann er schon früh mit der Schriftstellerei, und ihr wandte er sich schließlich ganz zu. Mit psychologischen Einfühlungsvermögen und mit differenziertem Witz begabt, entwickelte er sich zu einem Meister der Charakterisierungskunst und der impressionistischen Stimmungsmalerei. In seinem kurzen Leben hat er ein umfangreiches literarisches Werk geschaffen, das Romane, Novellen, Dramen und eine große Zahl von Kurzgeschichten umfaßt. Im Westen ist er besonders durch seine Dramen bekannt geworden, die noch heute auf den Spielplänen der Theater in der ganzen Welt regelmäßig wiederkehren (zum Beispiel «Onkel Wanja», «Der Kirschgarten», «Drei Schwestern», «Die Möwe»).

Tschechows Gegenstand war das russische Bürgertum seiner Zeit, in welchem auch der dekadente Landadel des damaligen Rußland zu versinken begann. Verquere Situationen, groteske Gestalten sind in Tschechows Augen typisch für dieses Milieu — oder für die Welt schlechthin.

«Führe ich nicht den Leser hinters Licht, da ich ja doch die wichtigsten Fragen nicht zu beantworten weiß?» Dieses Wort Tschechows habe den alten Thomas Mann wie kein anderes getroffen — so bekennt dieser in seinem «Versuch über Tschechow»

(1954). «Eine verlorene Welt ergötzen, ohne ihr die Spur einer rettenden Wahrheit in die Hand zu geben» — das habe, gleich wie Tschechow, auch er sich vorzuwerfen. In der Tat: Tschechows Erzählungen sind weder eine Hinführung zur Revolution (ja sie sind nicht einmal richtig gesellschaftskritisch), noch enthalten sie eine religiöse Verheißung; sie wecken keine Hoffnung auf den endlichen Sieg der Vernunft und lassen nirgends — fast nirgends — menschliche Güte erkennen. Tschechows treuherzige Dummköpfe bleiben, anders als im Märchen, un-entschädigt, und seine Krämerseelen, seine Angeber, seine Schummler bleiben un-geläutert.

Die «Spur einer rettenden Wahrheit» ist vielleicht Tschechows unentwegter Hinweis auf die Narrhaftigkeit der Menschenwelt. Seine Art Lebenshilfe ist es vielleicht, so viel befreiendes Gelächter auszulösen.